C000155038

Günter Beckmann

Das letzte Rennen

Und weitere kunterbunte Kurzromane

www.tredition.de

© 2019 Günter Beckmann

Verlag & Druck: tredition GmbH, Halenreie 40-44, 22359 Hamburg

ISBN
Paperback: 978-3-7497-0838-3
Hardcover: 978-3-7497-0839-0
e-Book: 978-3-7497-0840-6

Das letzte Rennen

Begrüßt wurde Torsten Breuer von der etwa 50jährigen Chefärztin Dr. Brigitte Schaller persönlich. Ihre einschmeichelnde Stimme traf ihn mitten ins Herz, auch ihr sanfter Blick mit den dunkelbraunen Augen fesselte den 22jährigen so sehr, dass er sich wie magisch von ihr angezogen und geborgen fühlte.

„Nehmen Sie bitte Platz, Herr Breuer, und schildern Sie mir bitte Ihre Beschwerden", ermunterte sie den jungen Mann, sich ihr anzuvertrauen.

Wenn ich mir nur den Kummer von der Seele reden könnte, wäre mir schon geholfen, dachte Torsten und räusperte seine Kehle frei.

„Frau Doktor", begann er, gehemmt und mit heiserer Stimme. "Meine Hände zittern, wenn ich das Lenkrad meines Rennwagens berühre. Mein Körper flattert wie ein Blatt im Wind. Allein, der Gang zu meinem Auto ist eine wahre Tortur. In meinem Kopf befindet sich eine Sperre, die mich blockiert und handlungsunfähig macht...", unterbrach er sich und rang nach Atem.

Während seine blauen Augen hilfesuchend durch das Arztzimmer irrten, erkannte die erfahrene Psychologin, dass er sich nicht nur verkrampfte, dass ihm auch das Sprechen schwerfiel.

„Möchten Sie sich niederlegen?", fragte sie ihn.

„Es geht schon", hatte sich Torsten wieder gefangen. „Seit drei Jahren fahre ich Formel-1-Rennen", legte er eine Pause ein. „Interessiert Sie diese Sportart?"

„Ich sitze zwar nicht vor dem Fernsehapparat, aber wenn mein Mann das Rennen mit großer Spannung verfolgt, dann schaue ich auch schon mal hin."

„Dann wird Ihnen sicherlich nicht entgangen sein, dass dieser Sport von dem Fahrer eiserne Nerven und Konzentration abverlangt. Zahlreiche nationale und internationale Rennen habe ich bereits bestritten. Bei meinen letzten Rennen lag ich im ersten Drittel des Feldes. Ich sah mich schon als Sieger auf dem Podest. Wie aus heiterem Himmel kam dann aber das Aus", entlud sich seiner Brust ein tiefer Atemzug.

Erschöpft legte Torsten eine Pause ein, stützte die Ellbogen auf den Schreibtisch, senkte den Kopf mit den hellbraunen Haaren und bedeckte sein Gesicht mit den Händen. Wie ein Häufchen Elend saß er vor der Medizinerin.

„Es gelingt Ihnen also nicht, Ihren Rennwagen zu lenken, passiert das auch mit Ihrem Personenwagen?"

Torsten überlegte nur kurz. „Ich kann einfach kein Auto mehr sehen", brach es hemmungslos aus ihm heraus. „Mit diesen kraftlosen Händen bekomme ich kein Auto im Griff. Schauen Sie selbst, Frau Doktor", streckte er seine Arme über den Tisch.

Dr. Brigitte Schaller griff zu, prüfte Handgelenke und Hände, die sich eiskalt anfühlten. „Ihre Hände sind im Moment sehr kalt, aber das deutet auf keinen Fall auf eine Krankheit hin. Sie sind erregt. Das Blut strömt zu Ihrem Herzen, dadurch werden die Außenbereiche des Körpers schlecht durchblutet. Ihre Hände sind sehnig und muskulös, die kraftvoll zu packen können."

„Haha", lachte Torsten gezwungen.

Als sich sein Gesichtsausdruck verfinsterte, glaubte die Ärztin Selbstverachtung darin zu lesen.

„Meine Hände sind zurzeit nicht fähig mit Messer und Gabel umzugehen. Sie sind noch schwächer als die Hände eines Kindes. Mit solch bebenden Instrumenten soll ich einen schweren Rennwagen beherrschen, der mit über 200 Sachen über die Strecke donnert. Vor etwa vier Wochen gelang es mir noch, mich in der ersten Reihe vorzuarbeiten. Der Sieg war greifbar nahe. Aber ich frohlockte zu früh, ganz plötzlich wie aus heiterem Himmel versagten meine Kräfte. Ich ermüdete. Mein Fuß schaffte es nicht, das Gaspedal durchzutreten."

„Trinken Sie einen Schluck, Herr Breuer", reichte ihm die Ärztin ein Glas Wasser. Für sie stand die Diagnose fest. Der junge Sportler hatte zwar den Sieg vor Augen, aber kurz vor dem Ziel hatte ihn die Angst ergriffen, in letzter Sekunde doch noch zu versagen. „Was natürlich jedem passieren kann", beschwichtigte sie ihn. „Manch einer wird mit den Rückschlägen fertig, steht auf und beginnt von neuem, ein anderer liegt am Boden und schafft es nicht, sich ohne fachärztliche Hilfe zu erheben..."

Torsten hatte sich erholt, an der Ärztin vorbeigeschaut und seine Hände wie zum Gebet gefaltet. „Vor Ihnen sitzt der hilflos am Bodenliegende, Frau Doktor", unterbrach er sie „Ich bin ein Wrack!" griff er sich an die pochende Schläfe.

„Sie sind ja völlig deprimiert, Herr Breuer. Was Ihnen helfen könnte, Ihre psychischen Störungen zu verbessern, wären absolute Ruhe und ausgiebige Gespräche."

Torsten hob den Blick, bezwang die flackernden Lider, blickte in die Augen der Ärztin und glaubte, seine Mutter würde ihn liebevoll anschauen und ihm aufmunternd zunicken. Das bestärkte ihn, sich Doktor Brigitte Schaller voll und ganz anzuvertrauen. „Ich hoffe auf Ihre Hilfe, Frau Doktor und ich bin bereit mit Ihnen weitere Gespräche zu führen."

„Wir könnten mit Ihrer Kindheit beginnen."

„Meine Kindheit verlief sehr harmonisch. Elternliebe habe ich im Überfluss genossen. Ich hätte studieren können, aber ich wollte Automechaniker werden, was meine Eltern zwar nicht erfreute, aber sie akzeptierten dennoch meine Entscheidung. Weil ich mich als kleiner Bub, kaum dass ich sprechen konnte, für alle Autos interessierte", lachte er, „gab es für mich keinen anderen Beruf. Mit siebzehn bestand ich die Führerscheinprüfung. Fehlerfrei natürlich", fügte er hinzu und in seiner Stimme klang Stolz mit. Seine verhärteten Züge entspannten sich. Das schmale Gesicht, mit der geraden Nase, bekam einen zartrosa Hauch und das Sprechen schien ihm auch leichter zu fallen. Diese Hochstimmung währte jedoch nur ein paar Sekunden.

„Ich habe den Eindruck gewonnen, dass sich mit dem Besitz des Führerscheins einiges in Ihrem Leben verändert hatte?"

„Verändert-hatte, Frau Doktor! So könnte ich es heute nennen. Denn jetzt, fünf Jahre später, hat die Fahrerlaubnis keinen Wert mehr für mich. Sie ist zu einem Stück Plastik geworden, zum Verbrennen oder in den Papierkorb zu werfen. Wo sie indessen gelandet ist. Meine Mutter hat sie natürlich wieder herausgeholt und im Schrank aufbewahrt", gab er verächtlich von sich, und der Medizinerin mit den geschulten Sinnen entging die Selbstanklage nicht, die in jedem seiner Worte mitklang.

„Sie besaßen vor dem Rennwagen gewiss einen PKW?" Mit dieser Frage wollte die Ärztin erfahren, wie sich der junge Mann im Straßenverkehr verhalten hatte.

„An meinen ersten Gebrauchtwagen kann ich mich noch gut erinnern. Was haben meine Freunde und ich für Touren unternommen. Ich war ein umsichtiger Fahrer und meine Freunde vertrauten sich mir gerne an. Der Wagen wurde von mir ausgefahren, wobei ich feststellen musste, dass ich verdammt gut reagieren konnte. Daher beschloss ich, mich an Rallyefahrten zu beteiligen. Von meinen Eltern erhielt ich eine Finanzspritze, so dass es mir möglich war, ein neues stärkeres Auto zu kaufen. Letztendlich schnitt ich bei diesen Rennen immer gut ab, war öfter auf den zweiten Platz gelandet bis ich eines Tages deutscher Meister wurde. Den Europapokal holte ich mir auch noch...", unterbrach sich Torsten, holte tief Luft und schaute verträumt zum Fenster hinaus.

„War das nicht ein recht kostspieliges Hobby?", brachte ihn die mütterliche Stimme der Ärztin in die Gegenwart zurück.

„Billig war es zwar nicht", entgegnete er offen, „aber ich kam dennoch gut über die Runden, dank der Unterstützung meiner Eltern. Anfallende Reparaturen übernahm ich selber. Schließlich machte ich in der Werkstatt Überstunden. Ich war nicht nur der perfekte Automechaniker sondern auch der geborene Autofahrer. Der Junge mit dem Autoverstand wurde ich von meinen Freunden genannt, was mich nicht abhob, aber dennoch erfreute. Bereits während meiner Rallyefahrten kam ich mit der Presse in Verbindung und mein Name erschien des Öfteren in der Zeitung. So wurde ich bekannt, bis eines Tages zwei Herren aus dem Profilager mir den Vorschlag machten in den Profisport einzusteigen. Ich konnte mein Glück kaum fassen. Mit neunzehn Jahren fuhr ich meinen ersten gesponserten Formel-1-Rennwagen. Alle meine Wünsche hatten sich erfüllt."

„Dass die Teilnahme an sportlichen Wettkämpfen für jeden Sportler erstrebenswert ist, ist gewiss verständlich, aber dass der Sieg um jeden Preis errungen werden muss, ist nicht immer empfehlenswert, schließlich könnte die Gesundheit darunter leiden", gab ihm die Ärztin zu denken.

Torsten sprang auf und hielt sich die Ohren zu. „Ich habe keine Kraft mehr, Frau Doktor. Ich bin am Ende!" ließ er sich wie ausgeblutet auf den Stuhl zurückfallen.

„Lassen Sie sich Zeit. Wir können das Gespräch auch abbrechen", schlug Frau Dr. Schaller vor.

„Ich habe kläglich versagt", klagte er sich Minuten später an, „habe mich bis auf die Knochen blamiert. Und das ausgerechnet ein paar Meter vor dem Ziel!" brach es aus ihm heraus und mit Tränen erstickter Stimme fuhr er fort. „Hier, Frau Doktor, hier oben", griff er sich an die Stirn, „ist etwas explodiert."

„Wie hat sich das bemerkbar gemacht?", forderte sie ihn auf, näher darauf einzugehen.

„In der Linkskurve nahm ich ein wenig Gas weg und konzentrierte mich auf das Ende der Kurve. Ich sah das Ende nicht, alles war wie verschwommen. Ich war wie in Watte gepackt. In meinem Kopf wurde es dumpf und hohl. Hände und Füße gehorchten mir nicht mehr. Ich verlor die Kontrolle über mein Fahrzeug und landete in der Außenbande. Im Krankenhaus entdeckten die Ärzte nur ein paar Prellungen und eine leichte Gehirnerschütterung, die fünf Tage später abgeklungen war."

„Sie wurden als geheilt entlassen?"

„Es ging mir auch wieder ganz gut. Jedoch ein paar Tage später, als ich meinen Rennwagen startete, verkrampften sich meine Muskeln. Mir wurde heiß und kalt. Arme und Beine zitterten. Mein Körper erschlaffte. Kraftlos sank ich in die Knie."

Am Ende dieses Gespräches und nach einer ersten Voruntersuchung, war sich die Ärztin sicher. „Mein Verdacht hat sich bestätigt. Ihre Angst hat sich zu einer schwermütigen Melancholie ausgebildet, die wir Ärzte Depression nennen. Sie gehören in die Hände eines Psychotherapeuten, Herr Breuer…"

„Einem Irrenarzt!" schrie Torsten auf. „Wie kann ich mit dieser Schande weiterleben?"

„Depressive Patienten sind mitunter Suizid gefährdet. Das muss ich zugeben. Aber ich kann Sie beruhigen, soweit muss es nicht kommen. Mit einer gezielten Therapie, wird es uns gelingen, Ihre Krankheit in den Griff zu bekommen."

Das Wort, „Selbstmord" trieb Torsten den kalten Schweiß auf die Stirn. Sein Herzschlag hatte sich beschleunigt. Er bebte am ganzen Körper. „Sterben" stammelte er. „Dann wäre es für immer vorbei."

Mit dieser Reaktion hätte die Ärztin rechnen müssen. „Fassen Sie sich, Herr Breuer. Eine stationäre Heilbehandlung verspricht sehr oft einen positiven Erfolg."

Aber die Vorstellung in einer Nervenklinik, eingewiesen zu werden, wie man einen Geisteskranken in einer Gummizelle einsperrt, versetzte ihm so einen Schock, dass er sich, mit Hilfe der Ärztin, auf einer Liege erholen musste.

„Ambulante Maßnahmen können ebenfalls erfolgreich sein, aber die Behandlung in einer Arztpraxis dauert halt länger, als die in einer Klinik. Lassen Sie sich meinen Vorschlag durch den Kopf gehen, Herr Breuer. Um eine geeignete Therapie einleiten zu können, müssen wir Sie sehr gründlich untersuchen und stationär behandeln", gelang es ihr, ihn wieder aufzurichten.

„Zusagen kann ich noch nicht, Frau Doktor. Ich möchte mich noch mit meinen Eltern besprechen", sagte er und erhob sich von der Liege.

„Übrigens, Depressionen sind keine Geisteskrankheiten oder Schizophrenien. Es sind seelisch bedingte, von der Ärzteschaft anerkannte Erkrankungen. Das wollte ich Ihnen zu Ihrer Beruhigung noch mit auf den Weg geben. Bevor ich Sie verabschiede, möchte ich Ihnen doch raten, sich in ärztliche Behandlung zu begeben. Ob Sie sich uns anvertrauen oder eine zweite Meinung einholen, ist Ihnen freigestellt."

„Ich möchte trotzdem mit meinen Eltern sprechen", sagte Torsten und reichte zum Abschied der Ärztin die Hand.

Nachdem seine Eltern von seinem Hausarzt erfahren hatten, dass die „Klinik im Grünen" einen guten Ruf hatte, bestärkten sie ihn, sich in stationäre Behandlung zu begeben.

Seine Mutter zeigte ganz offen ihren Schmerz, hilflos mit ansehen zu müssen, wie ihr geliebter Sohn litt.

„Ich gehe nur mal kurz zu Helga rüber", sagte Torsten.

Die zwanzigjährige Helga Kloss wohnte nur ein paar Häuser weiter. Im Haus ihrer Eltern. Auf sein Klingelzeichen hin, lief sie zur Haustür, riss sie auf, warf die Arme um seinen Hals und küsste ihn stürmisch auf den Mund.

Torsten verkrampfte sich. Was war nur mit ihm los? Er liebte Helga doch. Warum stieß er sie plötzlich von sich? Hatte er schon Berührungsängste? Seit ein paar Tagen ging er auch seinen Freunden aus dem Weg. Das Lachen, selbst das Lächeln hatte er verlernt. Er hoffte, die Zärtlichkeit seiner Freundin würde ihn aufmuntern. Leider war das nicht der Fall.

Obwohl ihn Helga ins Haus bat, winkte er mit starrem Gesichtsausdruck ab.

„Was soll das? Anfassen darf ich dich nicht. Meine Zärtlichkeit lässt dich kalt. Bin ich dir schon zuwider, oder hast du eine andere Freundin? Oder verschanzt du dich wieder einmal hinter deiner eingebildeten blöden Krankheit?" empörte sich Helga, die mit einem blauen T Shirt bekleidet und straffsitzenden

Jeans vor ihm stand und ihn herausfordernd an-
starrte.

Sein Blick erlosch. Er griff sich an die Stirn. „Entschuldige bitte, Helga", versuchte er sie milde zu
stimmen. „Du weißt doch, dass ich dich liebhabe,
aber in letzter Zeit empfinde ich die Berührungen wie
Schläge ins Gesicht."

„Dann nimm gefälligst Schmerzmittel", entgegnete
sie patzig.

„Jede Menge Tabletten habe ich bereits geschluckt,
die bislang keine Wirkung zeigten. Die Untersuchung durch meinen Hausarzt ist ebenfalls negativ
ausgefallen. Deshalb habe ich mich für eine Nervenklinik entschieden."

Helga riss die dunkelblauen Augen auf. „Wie bitte!"
fuhr sie ihn an. „Ich habe mich wohl verhört! Dein
Hausarzt steckt dich in eine Irrenanstalt?!"

„Ich gehe freiwillig", stellte er richtig.

„Unsinn. Wenn du einmal in einer Klapsmühle
steckst, lässt dich kein Mensch wieder frei. O, mein
Gott!" stöhnte sie, sich die Haare raufend. „Das ist ja
unfassbar! Ich habe mich in einen Schwachsinnigen
verknallt…"

„Helga", fuhr Torsten gequält zurück. „Du weißt
ganz genau, dass deine Behauptung völlig aus der
Luft gegriffen ist."

„Dann reiß dich gefälligst zusammen und stell dich
nicht so an. Lass den Quatsch mit dem Irrenhaus, setz

dich in deine Kiste und trainiere für das nächste Rennen. Oder leg dich ein paar Tage in eine normale Klinik, wo keine Schwachsinnigen rumlaufen."

„Für meine Depressionen gibt es nur ein Krankenhaus..."

„Und du glaubst wirklich, dass man dich dort von deinen Angstzuständen befreit?", stand sie, mit den Fäusten in den Hüften gestemmt, vor ihm und durchbohrte ihn mit funkelnden Augen.

„In dieser Klinik werden seelisch leidende Menschen behandelt und geheilt. Auf Wiedersehen, Helga. Du besuchst mich doch im Krankenhaus", streckte er ihr zum Abschied die rechte Hand entgegen.

Helga zeigte ihm die kalte Schulter.

Er drehte sich um und ging schleppend davon.

„Torsten, so warte doch, lass uns vernünftig reden."

Er war nicht fähig ihr zuzuhören, zu heftig waren seine Kopfschmerzen. Sie drohten seinen Kopf zu sprengen.

„Torsten, bitte", versuchte sie mit sanften Worten ihre Schroffheit zu mildern. „Komm zurück. Du willst nicht!" wurde sie laut, "dann renn doch in dein Verderben. Als Rennfahrer bist du für alle Zeiten erledigt! Keine Crew der Welt interessiert sich für einen, der einem Irrenhaus entsprungen ist."

„Ich will sterben", hämmerte es dumpf in seinem Kopf. Er taumelte, tastete sich wie ein Blinder vorwärts, ins Elternhaus hinein, wo ihn seine Mutter in die Arme schloss und ihn mit Worten zu trösten versuchte. Selbst die sanften Hände seiner Mutter bereiteten ihm unerträgliche Qualen.

Die „Klinik im Grünen" machte auf Torsten einen guten Eindruck. Der mächtige rote Klinkerbau mit den seitlichen Trakten war über achtzig Jahre alt und könnte glatt als Hotel genutzt werden.

Drei hintereinander liegende Glastüren musste Torsten passieren bevor er sich in der Eingangshalle befand, in der ein Pförtner saß und ihm freundlich zunickte.

Im Erdgeschoss lagen die Verwaltung, die Ärztezimmer und die Behandlungs- und Untersuchungsräume.

In der ersten Etage, auf der Privatstation, erhielt er ein Zweibettzimmer. Es war geräumig und hell. Der Blick durch das Fenster fiel auf den gepflegten Klinikgarten, in dem die Bäume Schatten spendeten und die Blumenbeete ihre bunte duftende Pracht entfalteten. Der Sommer zeigte sich von seiner farbigsten Seite, aber Torsten hatte dafür keinen Blick, seine Sinne waren erloschen.

Schwester Anita, die ihn empfangen hatte, führte ihn ins Zimmer.

„Möchten Sie lieber hier im Zimmer bleiben, oder wollen Sie zu den Mahlzeiten herunterkommen? In den großen Speiseraum. Zu den anderen Patienten."

Torsten wurde es eiskalt, sein Herz begann zu rasen. Angstschweiß ließ ihn erstarren.

Die erfahrene Krankenschwester erkannte sofort, dass er nicht im Stande war zu antworten. „Ihre Sachen können Sie in den Schrank einräumen. Das Mittagessen bringe ich Ihnen dann aufs Zimmer."

„Herzlich Willkommen in der Klinik im Grünen, Herr Breuer", begrüßte ihn Frau Doktor Schaller, als sie später bei der Nachmittagsvisite sein Krankenzimmer betrat. „Morgen in der Frühe sind sie mein erster Patient. Für eine gründliche Untersuchung reicht die Zeit heute nicht mehr. Versuchen Sie sich zu entspannen", ließ sie ihn allein und lächelte ihm aufmunternd zu.

Die erste Nacht verlief für ihn fast schlaflos. Immer wieder schrak er hoch und schaute zur Tür. Stand da nicht irgendein irrsinniger Mensch? Nein! Ein tiefer Seufzer befreite ihn von seinem beklemmenden Angstgefühl. Die Augenlider fielen ihm zu, bis er erneut hochschreckte und feststellte, dass keine fremde Person in seinem Zimmer stand. So ging das stündlich weiter. Erst als ihn Schwester Anita in der Frühe weckte, befand er sich im Tiefschlaf und fühlte sich wie gerädert. Nach der Morgenwäsche und dem Frühstück legte sich Torsten wieder nieder und begann zu grübeln.

Er verwünschte seinen Entschluss, sich freiwillig in die Klinik gelegt zu haben. Er könnte ja immer noch seine Sachen packen und gehen. Schließlich war er aus freien Stücken hergekommen. Kein Mensch könnte ihn daran hindern.

Jemand klopfte an die Tür, sie wurde geöffnet, Torsten zuckte zusammen. Ein Kälteschauer erfasste ihn. Mit viel Mühe gelang es ihm, seine Angst zu verbergen.

Chefärztin Doktor Schaller und Schwester Anita betraten das Zimmer. Sie hatten sofort erkannt, dass Torsten innerlich bebte. Aber Doktor Schaller ging nicht darauf ein. Sie wünschte ihm einen Guten Morgen und bat ihn, sich zu erheben. „Heute warten einige Untersuchungen auf Sie. Blutabnahme, EKG, EEG und Röntgenaufnahmen, sowie eine neurologische Messung der Nervenströme. Erst wenn die Befunde vorliegen, beginnen wir mit der Therapie. Zunächst bekommen Sie die Antidepressiva, die Sie ruhig stellen soll. Mit dieser Methode entwickeln wir eine Harmonie, die Ihr Wohlbefinden stärkt und Ihre Verstimmung aufhellt. Der menschliche Körper muss als Ganzheit betrachtet werden. Psyche und Körper sind eine Einheit, die kein Mediziner voneinander trennen sollte."

Nach den Untersuchungen befand er sich auf den Weg zu seinem Zimmer, als ihm zwei Frauen auf dem Flur entgegen kamen. Er wäre ihnen gerne ausgewichen. Zurücklaufen war doch wohl zu blöd, also schaute er in ihre Gesichter. Müde Augen, ohne Lebenswille, sahen ihn scheu an.

Das sind Patienten wie ich, dachte er, als er später vor dem Spiegel stand und in seine glanzlosen blauen Augen blickte. Das sind gemütskranke Menschen, keine Verrückten. Menschen mit schwachen Nerven.

„Ich möchte gerne gemeinsam mit den anderen Patienten im Aufenthaltsraum die Mahlzeiten einnehmen", hatte er später Schwester Anita mitgeteilt.

„Zum Abendessen rufe ich Sie, Herr Breuer", sagte sie und schenkte ihm ein freundliches Lächeln, das Torsten erwiderte, was aber völlig misslang, denn sein Gesicht verzerrte sich nur zu einer hilflosen Grimasse.

Zum Abendessen betrat er auf unsicheren Beinen den Speiseraum und überflog ihn nur flüchtig. Während er zögerte, hatte Anita den Raum betreten. „Auf den freien Stuhl, zwischen Frau Jansen und Frau Olten, können Sie Platz nehmen, Herr Breuer", deutete sie auf einen Tisch, an dem drei Frauen saßen.

„Herr Breuer ist unser Neuzugang", stellte sie ihn den Frauen vor, „und er ist im Moment der einzige männliche Patient."

„Guten Abend, Herr Breuer", riefen ein paar Patientinnen, die an den anderen Tischen saßen. Das Eis war gebrochen und Torsten betrat jeden Tag ohne Scheu den Speiseraum.

Drei Tage später erkundigte sich Dr. Brigitte Schaller, wie er die Medikamente vertragen hätte.

„Gut, Frau Doktor", antwortete er.

„Dann bekommen Sie zur Stärkung des Nervensystems weiterhin Stangyl. Das physikalische Stangerbad sowie die elektronische Massage werden wir noch länger fortführen. Wechselweise durchgeführt, dienen sie der Lockerung der verkrampften Muskulatur. Mit dieser Methode werden die Nerven angeregt, Organe und Muskeln in fließende Bahnen zu leiten."

Bei den Gruppengesprächen, von einem Therapeuten geleitet, lernte Torsten von jeder Patientin die Ursache ihrer Depression kennen und Dramen tauchten aus der Tiefe des Lebens auf.

Eine Frau war dreimal geschieden worden, weil alle drei Männer gewalttätig und zähzornig waren. Einer Frau war der Mann fort gelaufen. Er war trotz intensiver Suche nicht mehr aufgetaucht. Er hatte ihr einen Berg Schulden hinterlassen. Eine 18jährige war Jahre lang von ihrem Stiefvater sexuell missbraucht worden. Und Torsten erzählte, dass ihn die panische Angst zu versagen, niedergeworfen und krank gemacht hatte.

„Mein Mann ist arbeitslos, Alkoholiker und brutal. Jeden Cent setzt er in Alkohol um. Und das Jugendamt hat meine drei Kinder abgeholt, weil ich ihnen kaum etwas zu Essen geben konnte. Das bisschen Geld, das ich beim Putzen verdiente, langte hinten und vorne nicht. So manches Mal hatte mich mein Mann auch noch bestohlen", schloss eine Patientin unter Tränen, und der Therapeut ermunterte sie, sich ihrem Schmerz hinzugeben und den Tränen freien Lauf zu lassen.

„Guten Morgen, Herr Breuer", wurde Torten von Schwester Anita und von Frau Doktor Schaller in seinem Zimmer begrüßt. „Wie fühlen Sie sich nach drei Wochen Aufenthalt in unserer Klinik?"

„Sehr gut, Frau Doktor. Die Kälte in meinem Nacken hat sich verflüchtigt. Kopfschmerzen habe ich auch nicht mehr. Ich habe Langeweile und sitze nur noch vor dem Fernseher. Ich würde am liebsten wieder meine Runden drehen."

Die Ärztin drohte ihm lachend mit dem Zeigefinger. „Wie in alten Zeiten, als Sie die großen Rennen fuhren, nicht wahr, Herr Breuer?"

„Meiner Mutter ist es längst aufgefallen, dass es mit mir aufwärts geht. Wenn sie mich in die Arme nimmt, zucke ich nicht mehr zusammen, sondern ich genieße ihre mütterliche Fürsorge…"

„Außerdem konnte ich feststellen, dass sich Herr Breuer im Kreise der Damen wohlfühlt", wandte sich Schwester Anita der Ärztin zu.

„Wie ein Hahn im Korb, nicht wahr Schwester Anita", vollendete Torsten den Satz und schaute der 21jährigen Krankenschwester in die Augen. Sie errötete und warf ihre Blicke auf seine Krankenakte.

Weil er sich seelisch gestärkt fühlte, rief er seine Freundin Helga an.

„Helga Kloss", traf ihre schöne melodische Stimme sein Ohr.

„Hier ist Torsten. Ich bin wieder gesund. Ich sehne mich nach deiner Liebe, mein Schatz", verkündete er ihr frohgestimmt.

„Was willst du?" herrschte sie ihn an. „Rufst du mich etwa aus der Klapsmühle an? Wenn du denkst, dass ich dich besuche, dann hast du dich geschnitten!" setzte sie ihm einen Dämpfer auf. „Ich habe keine Zeit für dich. Ich bin mit dem wahren Weltmeister zum Mittagessen verabredet!" hatte sie das Gespräch beendet und ihm einen Schock versetzt, den er auch am anderen Morgen nicht verdaut hatte.

Schwester Anita sah es Torsten sofort an, dass ihn etwas kränkte. Auch der Ärztin geschultes Auge war seine gedrückte Stimmung nicht entgangen. „Wie fühlen Sie sich heute Morgen?", fragte sie so sanft und ruhig, dass er es nicht merken sollte, wie besorgt sie um ihn war.

„Etwas benommen", antwortete er und ließ sich wieder aufs Bett fallen.

„Dann wird Ihnen eine Infusion guttun", schloss sie die Flasche mit der Flüssigkeit an. Ihm freundlich zunickend verließen Ärztin und Schwester das Krankenzimmer.

Während das Medikament gleichmäßig tropfte, griff Torsten nach einer Zeitschrift, die er im Kiosk gekauft hatte. Er las die fettgedruckten Überschriften und warf einen Blick auf die Infusionsflasche. Es tropfte noch.

Beruhigt schlug er die zweite Seite auf. Eine Überschrift, die ihm ins Auge fiel, weckte sein Interesse.

„Rennfahrer verliert Verstand", stand in großen Lettern über einen Bericht, mit einem Foto von Torsten.

„Das junge hoffnungsvolle Rennfahrertalent Torsten Breuer befindet sich zurzeit in einer Nervenheilanstalt, um seinen Geisteszustand untersuchen zu lassen. Ob er jemals die psychiatrische Klinik verlassen wird, ist fraglich. Seine behandelnden Ärzte wollten sich derzeit dazu nicht äußern."

Ein kalter Schauer lief über seinen Rücken, die Muskeln verhärteten sich, sein Herzschlag setzte aus. Er rang nach Atem. Seine Kehle war wie zugeschnürt. Mit letzter Kraft gelang es ihm, sich aufzubäumen und die Kanüle aus der Vene zu reißen. Er ließ sich aus dem Bett fallen, zog sich wieder hoch und torkelte auf die Tür zu.

Torsten hatte so viel Lärm gemacht, dass Schwester Anita hellhörig wurde. Sie alarmierte Frau Doktor Schaller. Die Schwester öffnete die Tür. Torsten fiel der Ärztin in die Arme. Anita griff ebenfalls zu und gemeinsam legten sie den völlig erschöpften jungen Mann auf sein Bett.

„Herr Breuer, Sie dürfen das Bett doch während der Infusion nicht verlassen", redete die Medizinerin sanft aber bestimmt auf ihn ein.

Wie aus einem Traum erwachend, starrte er sie eine Weile an. „Ich bin irrsinnig, werde dieses Haus nie mehr verlassen", stammelte er unter Tränen.

„Das bilden Sie sich doch nur ein. Gewiss, einmal Himmel hochjauchzend, ein anderes Mal zu Tode betrübt, sind zwar Eigenschaften, die mit einer Depression einhergehen, aber deswegen gleich von einer Geisteskrankheit zu reden, ist doch völlig absurd."

„Und was steht da?", hielt er ihr, mit zitternden Händen, die Zeitschrift entgegen. „Haben Sie das verbreitet?"

Die Chefärztin las die Überschrift. „Niemals", betonte sie. „Ich bin von keinem Reporter befragt worden. Außerdem bin ich an meine Schweigepflicht gebunden. Ich werde mich hüten meine Schweigepflicht zu brechen."

„Helga", murmelte er kaum hörbar. Sie will mich vernichten, dachte er und überließ sich kampflos seinem Schicksal. Die Beruhigungsspritze, die ihm die Ärztin injizierte, nahm er gar nicht wahr. Schwester Anita richtete sein Bett und deckte ihn zu, wie man einen Hilflosen zudeckt, der seine Arme und Beine nicht zu bewegen vermag.

Allein gelassen, übermannte ihn die Sehnsucht nach dem Tode. Jedoch die Spritze entfaltete ihre Wirkung, ließ keine weiteren trüben Gedanken aufkommen, sondern entführte ihn in einen erholsamen Schlaf.

Seine Mutter hatte sich über ihn gebeugt. Ihre Augen schauten voller Güte und Liebe auf ihn herab und alle mütterliche Liebe lag darin. Wärme durchströmte ihn. Er hörte ihre Stimme: „Mein geliebter Sohn, gib dich bitte nicht auf, werde schnell wieder gesund."

Er schrak hoch, öffnete die Augen und befand sich allein im Raum. „Bin ich schon so verrückt, dass ich im Geiste meine Mutter sehe? Gib dich nicht auf, hatte sie gesagt. Nein, Mama, ich werde nicht aufgeben. Ich werde kämpfen!" rief er laut.

Schwester Anita, 21 Jahre jung, dunkelhaarig mit samtbraunen Augen und einer schlanken Figur, hatte Mitleid mit Torsten. Oder sollte sich da etwas mehr entwickeln? Sie kümmerte sich ganz besonders um ihn, saß in ihrer freien Zeit in seinem Zimmer und plauderte mit ihm, gab ihm offen zu verstehen, dass sie ihn ins Herz geschlossen hatte.

„Sobald ich die Klinik verlassen habe, gehe ich zum Training und drehe ein paar Runden mit meinem Rennwagen", unterbrach Torsten Anitas Geplauder.

Anita erschrak, ließ sich jedoch nichts von ihrer Angst anmerken. „Du solltest aber vorerst langsam damit beginnen", duzte sie ihn.

„Ich werde auf jeden Fall, mit gestärktem Selbstbewusstsein, meine Rennen bestreiten. Das habe ich nur dir und Frau Doktor Schaller zu verdanken."

Beim Abschied, nach sechs Wochen Klinikaufenthalt, drohte ihm Dr. Brigitte Schaller lächelnd mit dem Zeigefinger. „Übertreiben Sie nicht, Herr Breuer, denn die Gesundheit ist unser höchstes Gut."

„Das werde ich beherzigen. Vielen Dank für alles, Frau Doktor und Danke, liebe Schwester Anita. Auf Wiedersehn. Aber nicht als Patient", fügte er hinzu, reichte ihnen die Hand, trat aus dem Haus, bestieg das wartende Taxi, ließ sich zur Rennstrecke kutschieren, wo sein Auto stand, bestieg seelisch gestärkt seinen Formel-1-Rennwagen und jagte mit Vollgas über die Piste.

Während Dr. Brigitte Schaller mit dem Herzen und dem Verstand bei ihren Patienten weilte, trainierte Torsten Tag für Tag und fuhr Bestzeiten.

Seine Freunde hatten sich ihm wieder angeschlossen. Auch Schwester Anita stand mit bangem Herzen auf der Tribüne und verfolgte hin und wieder seine Runden.

Das Rennen, „um den großen Preis von Deutschland", wurde ausgetragen. Auch Torsten nahm daran teil. Es wurde wie gewöhnlich im Fernsehen übertragen.

Dr. Brigitte Schaller, die ihren dienstfreien Sonntag hatte, war mit Hausarbeiten beschäftigt und schaute sich nur den Schluss des Rennens an.

„Den großen Preis von Deutschland gewann der junge deutsche, Torsten Breuer!" vernahm sie die aufgeregte Stimme des Sprechers. „Er hat sich gegen die Weltelite durchgesetzt. Eine blendende Zukunft liegt nun vor ihm."

Torsten verließ seinen Rennwagen und setzte den Sturzhelm ab. Sofort wurde er von seiner Crew umringt, hochgehoben und in die Luft geworfen. Anschließend erhielt er noch die Sekttaufe. Mit einem Handtuch trocknete er sein Gesicht ab. Als er in die Kamera lächelte, lief eine blonde junge Frau, in aufreizender Kleidung, auf ihn zu, umarmte ihn und küsste ihn auf den Mund.

Er schob sie sanft aber unmissverständlich von sich, ging auf eine junge Frau zu, hakte sich bei ihr unter und verließ das Stadion.

Die Kameraleute, die mitunter schneller sind als der Schall, fingen das junge Paar ein und sendeten von ihnen eine Großaufnahme in die weite Welt hinaus.

„Schau an! Schwester Anita und Torsten Breuer!", rief die Ärztin ihrem Mann zu. „Obwohl ich so etwas geahnt hatte, bin ich doch überrascht", lächelte sie still vor sich hin. Und dass sich in der „Klinik im Grünen" zwei liebenswerte junge Menschen fürs Leben gefunden hatten, machte sie sehr glücklich.

Baby im Wäschekorb

„Bis heute Abend, meine Lieben", küsste Bernd Voss seine junge Frau Helga und seine vierjährige Tochter Kim.

„Tschüss, Papi", warf ihm Kim die Arme um den Hals und schmatzte ihn ab.

„Tschüss, mein Schatz", lachte Bernd.

„Fahr vorsichtig", ermahnte die 23jährige Helga ihren 26jährigen Mann, der als Handelsvertreter täglich auf der Autobahn lag. „In Gedanken bin ich bei dir", stand sie mit ernstem Gesicht vor ihm.

„Ich denke auch an euch, aber ich muss mich auch auf meine Kundschaft konzentrieren", drehte er sich um, ging durch die Diele und schloss die Haustür auf. Die schräg stehende Sonne blendete ihn, so, dass er das Hindernis, das vor seiner Garage lag, leicht übersehen konnte. „Beinahe wäre ich in den Wäsche-korb getreten", rief er Helga und Kim zu, die vor der Haustür standen, um ihm zum Abschied einen Handkuss nachzuwerfen. „Wie kannst du nur über Nacht die Wäsche vor dem Haus stehenlassen, Helga? Wo hast du nur deine Gedanken. Wir sind doch nicht mehr in den Flitterwochen", lächelte er vor sich hin.

„Der Korb gehört mir nicht. Ich hänge doch unsere Wäsche nur im Garten hinter dem Haus auf."

„Das weißt du doch, Papi. Jetzt bist du aber vergesslich", mischte sich Kim ein, lief

zu ihrem Vater und beugte sich über den Korb. „Ein Baby!" rief sie. „Mami, da liegt ein Baby!"

„Kim, lass den Unsinn", stürzte Helga herbei. Sie schob Bernd und Kim, die sich über den Korb gebeugt hatten, zur Seite, und prallte zurück.

„Mami, wem gehört das Baby?"

„Das weiß ich nicht, Kim", antwortete Helga. „Wir nehmen es mit ins Haus, um zu schauen ob es ein Junge oder ein Mädchen ist. Vielleicht findet sich ein Hinweis wo das Kind herkommt."

„Ich muss fahren", wurde Bernd ungeduldig. „Tschüss bis heute Abend."

Helga und Kim trugen den Wäschekorb ins Haus und hatten Bernds Abschiedsgruß nicht mehr mitbekommen.

Während Bernd in Gedanken bei seinen Kunden war, legte Helga das Baby trocken und Kim wühlte in der Babywäsche herum. „Mami, schau mal ein Brief."

Helga las die wenigen Zeilen: „Deine Tochter heißt Emma und ist jetzt drei Monate alt. Sei bitte recht lieb zu dem kleinen Sonnenschein, denn ich musste leider meine Wohnung verlassen und liege praktisch auf der Straße."

„Herrgott, im Himmel", entfuhr es Helga.

„Was ist denn, Mami?"

„Die kleine Emma hat kein Zuhause mehr…"

„Wo ist denn ihre Mami? Und wer ist ihr Papi?"

„Das weiß ich nicht, aber wahrscheinlich werden wir es von deinem Vater erfahren."

„Du hast recht, Mami, fragen wir Papi, der weiß doch immer alles."

„Fragen wir deinen Vater, den Schuft", wurden Helgas Gesichtszüge hart und Tränen traten ihr in den braunen Augen.

„Du sagst Vater zu Papi und du guckst so komisch, Mami."

„Komm, Kim, wir müssen dem Baby die Flasche geben, die im Korb liegt. Es nuckelt schon ganz hungrig am Daumen", lehnte es Helga ab, ihrer Tochter zu erklären, dass ihr geliebter Papi mit einer anderen Frau ein Kind hatte und Emma ihre Halbschwester war.

„Darf ich das Baby füttern?"

„Du kannst es ja mal versuchen, Kim. Während ich die kleine Emma im Arm halte, gibst du ihr die Flasche."

„Dürfen wir die kleine süße Emma für immer behalten, Mami?"

„Nein!" fuhr Helga entsetzt in die Höhe, wobei das Baby beinahe herunter gefallen wäre.

„Warum denn nicht, wenn es doch keine Mami und keinen Papi hat?", ließ Kim nicht locker. „Und weil

Papi das Baby vor seiner Garage gefunden hat, gehört es doch meinem Papi."

„Damit wirst du wohl recht haben", rang sich Helga eine Antwort ab.

Das Baby war sauber und satt. Es schlief schon in Helgas Armen.

„Nun müssen wir die kleine Emma in den Wäschekorb legen."

„Ich kann das doch machen, Mami", bot sich Kim an.

„Wir legen sie gemeinsam nieder. Und du darfst sie zudecken."

„Mit einem Kissen aus meinem Bett, Mami?"

Mit reiner Bettwäsche aus dem Kinderzimmer wurde Emma in den Wäschekorb gebettet.

„Ist die süß", stand Kim vor dem Wäschekorb. „Papi wird sich freuen, wenn wir das Baby behalten."

„Kim!" wurde Helga ungehalten laut.

„Was hast du, Mami", fing Kim an zu weinen.

„Schon gut, mein Schatz. Wenn dein Papi nach Hause kommt fragen wir ihn, ob er sich freut. Aber nun lass das Baby schlafen. Du musst in den Kindergarten", nahm Helga ihre Tochter tröstend in die Arme. Es tat ihr Leid, Kim angeschrien zu haben.

„Kann ich nicht zu Hause bleiben, Mami. Jemand muss doch auf Emma aufpassen."

„Emma wird lange schlafen."

„Bis ich aus dem Kindergarten komme, Mami?"

„So ungefähr."

Nun saß Helga ganz allein vor dem Wäschekorb und fröstelte. Angst stieg in ihr hoch und krallte sich in ihrem Herzen fest. Bernd könnte sie verlassen und mit der Mutter von Emma... „Ich darf nicht weiter denken", kam es bebend von ihren zittrigen Lippen. Bernd, ihre große Liebe, hatte sie betrogen. Helga war wütend. „Dieser Ehebrecher soll mir nur nach Hause kommen", führte sie ein Selbstgespräch, gab sich ihrem Schmerz hin und konnte sich nicht aufraffen, irgendetwas im Haushalt zu tun. Gegen sechszehn Uhr holte sie Kim von der Kita ab.

Die sofort zum Wäschekorb lief und die kleine Emma begrüßte. „Schau mal Emma, ich habe dir einen Hampelmann mitgebracht", plapperte Kim drauflos. „Mami, Emma lacht mich an. Ist das nicht süß?"

Helga wurde abgelenkt. Das Telefon klingelte. Sie schaute auf das Display: „Bernd", las sie. „Du kannst anrufen bis du schwarz wirst. Wahrscheinlich willst du mir mitteilen, dass du über Nacht bei deiner Geliebten bleibst", murmelte sie durch die zusammengepressten Lippen.

„Mami, das Telefon klingelt immer noch. Wer ruft denn da an?"

„Eine fremde Person", drehte Helga das Gesicht zur Seite, um vor Kim ihren gequälten Gesichtsausdruck zu verbergen.

Der Abend senkte sich über die Dächer der Stadt. Helga und Kim saßen am Tisch, den Helga heute nur für Kim gedeckt hatte. Bernd hatte auch nicht mehr angerufen.

Nun hat er aufgegeben, dachte Helga. Scheinbar liegt er jetzt in ihren Armen.

Helga musste sich bezwingen, nicht vor Kim in Tränen auszubrechen.

„Und für Papi und für dich", schaute Kim auf ihr Essgeschirr.

„Ich habe noch keinen Hunger und dein Va- ich meine dein Papi wird heute wohl nicht Nachhause kommen."

„Aber warum denkst du das, Mami?"

„Weil es schon so spät ist und weil er dann immer in einem Hotel übernachtet." Zusammen mit der Ehebrecherin, setzte sie in Gedanken hinzu.

„Papi soll kommen", bettelte Kim weinerlich, die nicht begreifen konnte, dass sie ohne einen Gutenachtkuss, von ihrem geliebten Papa, zu Bett gehen musste. „Er hat doch bis heute Abend gesagt", schniefte Kim.

„Schlaf schön, dein Teddy ist auch schon sehr müde", wurde Kim von Helga abgelenkt.

Helga saß in dem dunklen Wohnzimmer und starrte auf den Fernseher. Die Handlung ging an ihr vorbei. Quälende Gedanken zermürbten ihren Kopf. Mit der Hand strich sie sich eine braune Haarsträhne aus der Stirn, die sich ganz heiß anfühlte. Ich fiebere schon, dachte sie. Sie schaltete den Fernsehapparat aus und erhob sich, um sich für die Nacht fertigzumachen.

In dem Moment wurde die Haustür aufgeschlossen und kurz darauf erschien Bernd in der Wohnzimmertür.

Die Flurbeleuchtung fiel auf seine Frau. „Du sitzt in der Dunkelheit", sagte er und schaltete die Wohnzimmerbeleuchtung ein.

„Und du kommst mitten in der Nacht", flüsterte sie kaum hörbar.

„Ein Unfall auf der Autobahn. Ein zwanzig Kilometer langer Stau hatte sich gebildet."

„Wie oft hattest du schon diese Ausrede benutzt und ich dummes Schaf hatte es auch noch geglaubt."

„Was soll das heißen?! Du gehst nicht ans Telefon! Lässt es stundenlang schellen. Und nun bezichtigst du mich der Lüge. Was ist nur plötzlich in dich gefahren?"

„Schau in den Wäschekorb", bebten Helgas Lippen unter Tränen. „Und lies den Brief", schob sie ihm den Zettel zu.

Er vertiefte sich in die wenigen Zeilen. „Und", machte er eine Pause, „was habe ich damit zu tun?"

„Wie habe ich mich all die Jahre von dir hinters Licht führen lassen. Während du dich auf deinen Geschäftsreisen mit anderen Frauen vergnügst, führe ich dir als brave Ehefrau den Haushalt. Von heute an gibt es nur noch getrennte Ehebetten.

Du kannst auch sofort ausziehen und deine Geliebte zu dir holen oder im Wohnzimmer schlafen."

„Aber das stimmt doch gar nicht, ich bin nicht der Vater dieser kleinen Emma. Komm sei wieder gut", trat er näher und streckte die Arme nach Helga aus.

„Fass mich nicht an!" fuhr sie erbost zurück. „Schau dir das Baby an, es hat blaue Augen und dunkelbraune Haare, genau wie du."

„Das ist doch lächerlich. Millionen Babys haben blaue Augen und dunkles Haar. Wie lange willst du dieses Treiben fortführen? Und was soll Kim denken, wenn sie sieht, das ihr Papi im Wohnzimmer schlafen muss."

„Lass Kim aus dem Spiel, das arme Kind muss nun ohne Vater aufwachsen", schluchzte Helga auf und stürzte aus dem Wohnzimmer hinüber ins Schlafzimmer.

„Aber das liegt doch ganz allein an dir", warf er ihr hinterher. „Ich werde das Jugendamt einschalten!"

„Und dich der Verantwortung entziehen. Das sieht dir ähnlich. Oh was war ich all die Jahre doch blind", erschien sie mit dem Bettzeug im Wohnzimmer, warf es auf die Couch und stürmte ins Badezimmer, wo sie ihren Tränen freien Lauf ließ.

Helga fand in dieser Nacht kaum Schlaf. Erst gegen Morgen war sie eingeschlafen.

Bernd war es nicht anders ergangen. Übermüdet erhob er sich, ergriff sein Oberbett, klopfte an die Schlafzimmertür und trat rasch ein.

Helga wandte sich ab, um ihm zu demonstrieren, dass sie ihn verabscheute.

„Dann eben nicht", sagte er „Ich werde es dir beweisen, dass ich nicht der Vater der kleinen Emma bin. Es gibt ja noch den Gentest."

„Du schämst dich wohl gar nicht. Willst dich lächerlich machen. Das Kind vor deiner Garage und das Schreiben der Mutter sind mir Beweis genug."

„Papi, da bist du ja", stürmte Kim ins elterliche Schlafzimmer und flog ihrem Vater an den Hals. „Mami sagte, dass du im Hotel schläfst."

„Ein Unfall auf der Autobahn hatte mich aufgehalten."

„Dann musst du immer langsam fahren, Papi."

„Ich verspreche es dir, mein Schatz."

Jetzt belügt er auch noch seine Tochter, dachte Helga und zog ihr Bett bis unters Kinn.

„Mami, willst du nicht aufstehen?"

„Deiner Mami geht es heute nicht gut. Komm, wir beide werden den Tisch decken."

„Und für Mami Tee kochen, damit sie schnell gesund wird", sprang Kim aus dem Schafzimmer und lief auf den Wäschekorb zu. „Für die kleine Emma musst du auch Milch warm machen, Papi. Sie lacht mich an und zappelt mit den Händen und Füssen, Papi", freute sich Kim.

Helgas Herz zog sich schmerzlich zusammen, während sie sich erhob und im Badezimmer verschwand. Sie musterte Minuten lang ihr Gesicht „Ich sehe furchtbar aus", stellte sie fest. Nach dem Duschbad ging es ihr schon etwas besser.

Was kann das Baby dafür, dass der Vater es ablehnt, überlegte Helga. Sie wechselte die Windeln und überließ es Kim, Emma die Flasche zu geben.

Als Bernd sich verabschiedete, bemerkte Kim, dass Helga sich abwandte.

„Mami hat Angst, mich mit ihrer Krankheit anzustecken", sagte Bernd.

Der Haussegen hing schief. Dennoch musste sich das Ehepaar zusammenreißen, denn Kim bekam so einiges mit.

Sie fragte so manches Mal, ob ihre Mami immer noch krank sei.

„Schläft Papi deshalb im Wohnzimmer, Mami?"

Um ihre Tochter nicht belügen zu müssen, lenkte sie ihre Aufmerksamkeit auf Emma. „Willst du mit Emma ein wenig spielen?"

„Ja, Mami", hopste Kim zu Emma hinüber, die auf einer Decke gebettet auf dem Teppichboden lag, mit den Händen und Beinen strampelte und vor sich hin brabbelte.

Und Helga begann zu träumen, als sie sah, wie behutsam Kim mit Emma umging. Es könnte so schön sein, hätte Kim noch ein Geschwisterchen. Helga durchströmte es warm. Sie dachte daran, Emma ein Zuhause zu geben. Aber nicht sofort. Bernd sollte noch zappeln. Warum hatte er sie auch mit einer anderen Frau betrogen. Das würde sie ihm nicht so schnell verzeihen können. Sollte er nur noch ein paar Wochen im Wohnzimmer schlafen. Strafe musste schließlich sein.

Die kleine Emma war der Sonnenschein im Hause der Familie Voss. Sie schlief neben Kim im Kinderzimmer. Nur die jungen Eheleute schliefen getrennt und sprachen kaum noch miteinander. Kim gegenüber verstellten sie sich, taten wieder sehr vertraut miteinander. Vier Wochen waren vergangen. Durch Emmas Anwesenheit wurde Helga täglich daran erinnert, dass sie eine betrogene Ehefrau war. Aber Emma sollte dennoch im Hause bleiben. Das Kind ihres Mannes war ihr indessen ans Herz gewachsen.

„Lassen Sie mich los, Sie Grobian", versuchte sich die junge Frau zu befreien.

Aber Bernd hielt sie eisern fest. „Sie kommen mir nicht aus!" fauchte er.

„Was wollen Sie von mir?", blitzten ihre grünen Augen.

„Seit ein paar Tagen schleichen Sie durch unsere Siedlung. Fremde Personen, die hier nicht hingehören, fallen sofort auf. Was wollen Sie hier ausspionieren, frage ich Sie? Ich habe Sie beobachtet, wie Sie intensiv die Reihenhäuser in Augenschein nehmen."

„Das ist doch wohl meine Sache", antwortete sie schnippisch.

„Sie führen doch irgendetwas im Schilde, das spüre ich. Das sehe ich Ihrem Gesicht an. Könnte das etwa mit dem Baby zusammenhängen? Ich Esel", griff er sich an die Stirn, „warum bin ich nicht sofort darauf gekommen. Sie haben das Baby vor meiner Garage ausgesetzt!"

„Das stimmt doch gar nicht. Sie sind mir völlig fremd."

„Richtig, Sie kennen mich nicht, haben mich aber als Vater Ihres Kindes angegeben und den Wäschekorb mit dem Baby vor meiner Garage abgestellt."

„Sie sind doch nicht der Vater von Emma", befreite sich die etwa 20jährige Blondine aus Bernds Griff und funkelte ihn mit ihren grünen Augen an.

„Warum haben Sie ihr Baby vor meiner Garage ausgesetzt und nicht in einer Babyklappe abgegeben?"

„Emma hat doch einen Vater, der bei seinen Eltern wohnt und dem es gut geht."

„Und wer ist der Erzeuger, können Sie mir das verraten? Mit Ihrer Aussage könnten Sie meine Ehe retten, die auseinander zu brechen droht."

„Markus Jost…"

„Der 26jährige Sohn meines Nachbarn. Mein Schulfreund", entfuhr es Bernd.

„Entschuldigen Sie bitte, dass ich mich in der Hausnummer geirrt habe", senkte die junge Frau den Kopf.

„Sie kommen mit zu meiner Frau und stellen alles richtig. Anschließend übergeben Sie Emma ihrem leiblichen Vater. Oder sind Sie so skrupellos, Ihr Baby fremden Leuten zu überlassen?"

„Ich wollte Emma doch nur aus der Ferne sehen. Ich trau mich nicht. Was werden Markus Eltern sagen?", druckste die junge Frau herum.

„Die werden sich freuen. Schon länger liegen sie Markus in den Ohren, zu heiraten und für ein Enkelkind zu sorgen."

Nachdem die junge Mutter Helga erzählt hatte, dass sie Emma ausgesetzt hatte und Helga für die liebevolle Betreuung gedankt hatte, saß Helga wie erschlagen in einem Sessel und kam sich ganz klein vor. Sie schämte sich Bernd, misstraut zu haben und begann zu weinen.

Bernd umarmte sie. „Diese unerfreuliche Geschichte wollen wir ganz schnell vergessen und wieder wie ein verliebtes Ehepaar die Ehebetten durchwühlen", lachte er. „Und heute Abend mit einer Kissenschlacht beginnen."

Kim meldete sich. „Müssen wir die süße kleine Emma jetzt abgeben, Papi, weil du nicht ihr Papi bist?"

„So ist es, mein Schatz."

„Aber dann habe ich niemand mehr zum Spielen und liebhaben", traten Tränen in ihre blauen Augen.

„Markus hätte sicher nichts dagegen, wenn du die kleine Emma besuchst und sie lieb hast", tröstete Helga ihre Tochter.

„Hörst du, Emma, ich werde dich jeden Tag besuchen", lachte Kim schon wieder, „Das ist deine richtige Mami", legte sie Emma, der jungen Mutter in die Arme.

„Mein Sonnenschein", drückte sie Emma an ihr Herz und ein paar Tränen rollten der jungen Frau über die Wangen.

„Tschüss bis morgen", verabschiedete sich Kim von Emma, die im Wäschekorb lag und mit ihrer Mutter das Haus der Familie Voss verließ.

Das Geld liegt auf der Straße

„Egon, achte auf meine Worte."

„Wer spricht da?"

„Ich bin es, dein Gewissen."

„Was hast du mir zu sagen?"

„Allerhand, habe ich dir zu vermelden, lieber Egon."

„Dann leg mal los", forderte Egon, die Stimme auf, die zu ihm sprach und sich als sein Gewissen ausgab. Ob es nun das gute oder das schlechte Gewissen sei, würde er sicherlich bald erfahren.

„Lektion eins", sagte die innere Stimme, „beginnt mit einer Frage."

„Ich bin ganz Ohr", entgegnete Egon und machte es sich in seinem Sessel bequem. Er legte die Beine hoch, strich sich mit den Händen über das ergraute schüttere Haar und genoss seinen Lebensabend, den er sich auch redlich verdient hatte. Inzwischen war er achtzig Jahre alt geworden, hatte fünfzig Jahre lang geschuftet und sich keinen freien Tag gegönnt. Seine junge Ehefrau und sein Töchterchen waren vor Jahrzehnten bei einem Massenunfall auf der Autobahn tödlich verunglückt. Alles war anders geworden. Egon hatte Jahre lang seinen Abschiedsschmerz mit Arbeit betäubt. Nahe Verwandte hatte er auch nicht.

Er besaß sehr viel Geld. Millionen. Die ihn inzwischen mehr belasteten als erfreuten.

„Lieber Egon", meldete sich das Gewissen mit der Frage. „Was geschieht mit deinem Vermögen, wenn du diese Welt verlassen musst? Hast du dir darüber schon Gedanken gemacht?"

„Gewiss, aber ich bin zu keinem Ergebnis gekommen."

„Dann verschenke doch dein Geld", schlug das Gewissen vor.

„An wen?" fragte Egon.

„An wen, an wen, fragst du noch! Schau dich um, dann wirst du entdecken, dass in deinem Umkreis so manche Not gelindert werden kann."

„Ich muss dir sagen, mein verehrtes Gewissen, dass ich ein armer Schlucker war, bevor ich mich aufraffte, diesen Zustand zu ändern. Ich sammelte Schrott, Altkleider, Altpapier, verdiente nicht viel, hielt aber mein Geld zusammen, und vermehrte es zusehends. Ich stieg in die Computerbranche ein, wo sich mein Geld rasch vermehrte. Als ich bemerkte, dass ich einen Riecher für Geld hatte, ging es steil bergauf. Heute bin ich Besitzer mehrerer Fabriken weltweit."

„Und einsam bist du obendrein auch noch", unterbrach ihn sein Gewissen.

„Meine alten Freunde vom Schrottplatz haben bereits das Zeitliche gesegnet, und mit der Ansicht der heutigen Jugend kann ich mich nicht so recht anfreunden. Liebes Gewissen, gib mir bitte noch eine Nacht Bedenkzeit. Morgen wirst du erfahren, wie ich mich entschieden habe. Bist du damit einverstanden, du Quälgeist?"

„O Kay", bekam Egon die Zusage, „aber nicht länger, als eine Nacht."

„Morgen schaue ich mich um", versprach Egon, löschte die Nachttischlampe und schlief auch alsbald ein.

Am anderen Morgen, nahm er sein Frühstück ein, das ihm seine Haushälterin zubereitet hatte. Wie immer, im Sessel sitzend, ließ er sich Zeit, Kaffee und Brötchen zu genießen und dabei die Wirtschaftsnachrichten zu lesen.

Während er anschließend duschte, fragte er sich, wie er sich kleiden sollte?

Um in der Stadt herum zu laufen, vor allem unerkannt, griff er nach seiner ältesten Jeans, seinem blauen T Shirt und seinem schwarzen Sakko. Auf dem Kopf stülpte er sich einen verbeulten Panamahut. An den Füssen trug er schwere, schwarze, abgewetzte Arbeitsschuhe. Man sah es ihm an, dass er ein armer Rentner war, dem die Ehefrau in Sachen Bekleidung falsch beraten hatte. Er fühlte sich in die Zeit zurückversetzt, als er noch mit Schrott unterwegs war. Vergnügt lachte er sein Spiegelbild an, und dachte, das kann ja heiter werden.

Er öffnete den versteckt liegenden Tresor, steckte sich mehrere tausend Euro in die Jackentasche und verließ durch das Gartentor sein Grundstück.

Auf der belebten Einkaufsstraße schaute er nach links und nach rechts.

Zu viele Menschen, dachte Egon, drehte dieser Straße den Rücken zu und lief direkt auf eine ältere Frau zu, die sehr mager ausschaute und sich zudem noch auf einen Stock stützte

„Guten Tag, gute Frau", zog Egon seinen verbeulten Hut. „Sie werden gewiss Hunger haben. Darf ich Ihnen ein paar Euro anbieten?", hielt er ihr mehrere große Geldscheine entgegen.

Die alte Frau riss die Augen auf, schien zu wachsen, hob ihren Krückstock und fuchtelte damit vor Egons Gesicht herum. „Du alter Lüstling! Willst du mich anmachen? Geld anbieten. Pfui Teufel! Schäm dich, du alter Esel!", keifte sie mit schriller Stimme und lockte mit ihrer Lautstärke Passanten herbei.

„Was geht hier vor!" riefen ein paar Männer, die sich im Laufschritt näherten.

„Dieser alte Bock", wütete sie, drehte sich um und stieß ihren Krückstock in Egons Richtung.

Egon hatte seine achtzig Jahre alten Beine in die Hand genommen und war getürmt. Mit einer Hand hielt er den Panamahut fest, mit der anderen verschaffte er sich so viel Schwung, dass er in wenigen Minuten die nächste Hausecke umrundet hatte. Zuflucht fand er in einem großen Kaufhaus. Mit laut klopfendem Herzen und schweratmend zwängte er sich durch die Reihen der ausgestellten Waren. Erleichtert verließ er das Geschäft durch den hinteren Ausgang. Er atmete tief durch, und hielt nach einer Bank Ausschau, die er in der Fußgängerzone fand.

Einige Minuten später, Egons Herz schlug wieder ganz ruhig, nahm ein Mann neben ihm Platz. Egon musterte ihn von der Seite und stellte fest, dass der etwa sechzigjährige Mann ungepflegt und sehr ärmlich bekleidet war. Ein Obdachloser, dachte Egon, holte eine Handvoll zusammengeknüllter Scheine aus der Tasche und bot ihm das Geld an. „Bitte, das schenke ich Ihnen."

Der Fremde schaute mit trübem Blick auf die einhundert Euroscheine, hob den Kopf und starrte Egon durchdringend an. „Danke, Kumpel, es ist zwar gut gemeint, aber ich will dich nicht berauben. Deine kleine Rente hast du dir wohl in großen Scheinen auszahlen lassen, um damit anzugeben."

Als Egon schwieg und überlegte, wie er ihn überzeugen konnte, das Geld doch noch anzunehmen, erzählte ihm der Mann, dass er seit Jahren von Hartz vier leben würde und den größten Teil davon in Alkohol umsetzen würde. „Ich bin zufrieden mit meinem Leben. Wenn ich dein Geld annehme, würde das irgendwie auffallen und wenn mich dann jemand anschwärzt, wird mir das Amt die Stütze kürzen", lehnte der Mann jedes weitere Gespräch ab, erhob sich, etwas unsicher auf den Beinen, und steuerte auf den nächsten Bierausschank zu.

Egon ging durch die Straßen, Ausschau haltend nach einem bedürftigen Objekt, das ihm jedoch nicht begegnen wollte. In einer kleinen Grünanlage, wo sich ein paar Jugendliche aufhielten, versuchte er sein Glück.

Er hielt direkt auf die Leute zu, die mit Bierflaschen in den Händen, sehr vergnügt zu sein schienen.

„Mach dich vom Acker, Alter", trat ihm ein bärtiger, etwa fünfundzwanzig Jahre alter Mann entgegen „wir haben für dich nichts zu saufen!"

„Ich bin an Alkohol nicht interessiert", entgegnete Egon. „Ich möchte euch helfen..."

„Wohl Arbeit anbieten", lachten die jungen Männer und Frauen. „Für sowas Unanständiges sind wir nicht zu haben."

„Ich kann euch Geld anbieten. Ich bin reich."

„Ha ha", brüllten sie vor Lachen und schlugen sich auf die Oberschenkel.

„Wenn du Millionär bist, dann bin ich Rockefeller", fuhr der Wortführer der jungen Leute fort. „Dachschaden", tippte er sich an die Stirn. „Lasst uns den Standort wechseln, bevor uns der Alte Schwierigkeiten macht, und wir noch den Krankenwagen rufen müssen. Wer weiß was dem alten Knaben in seinem Wahnsinn noch alles einfällt."

Egon haderte mit seinem Gewissen, das ihm einge-
flüstert hatte, nicht aufzugeben. Er ging weiter und
schaute in ein leer stehendes Fabrikgelände hinein
und erblickte drei Männer, die so um die fünfzig
Jahre alt sein mochten, und auf einer Rampe saßen.
Ihre Fahrräder, bepackt mit gefüllten Tragetaschen,
hatten sie beiseite gestellt.

„Guten Tag, die Herren", trat Egon näher.

„Tag, der Herr", erwiderte ein sonnengebräunter,
grauhaariger Mann seinen Gruß. „Was führt Sie zu
uns? Gehört Ihnen dieses Grundstück? Obwohl Sie
nicht wie ein Großgrundbesitzer aussehen, kann man
sich dennoch heutzutage irren."

„Die Bauruine gehört mir nicht", antwortete Egon,
„aber ich vermute, dass Sie sich diese Ruine als
Schlafplatz ausgewählt haben."

„So ist es" gab der Mann zu, öffnete seinen Rucksack
und brachte ein Paket mit Brot, Wurst und Schinken
zum Vorschein. Drei Flaschen mit Bier wurden geöffnet.

Der Duft von Wurst und Schinken stieg Egon in die
Nase und augenblicklich übermannte ihn der Hunger. Seit heute Morgen hatte er nichts mehr gegessen,
und nun zeigte seine Armbanduhr bereits die fünf-
zehnte Stunde.

„Dürfen wir Sie einladen?", fragte der Sprecher und
zeigte auf die Speisen, wobei sein Blick auf Egons
Armbanduhr gerichtet war.

„Aber nur, wenn ich mich erkenntlich zeigen darf."

„Wie meinen Sie das?", horchte der Fremde auf.

„Ich werde das, was ich verspeise, gut bezahlen", versprach Egon.

„Das kommt überhaupt nicht in Frage", lehnte der andere ab. „Oder doch, Sie könnten uns Bier und Wodka spendieren."

„Das ist doch selbstverständlich", lächelte Egon gutgelaunt. Endlich war es ihm gelungen, die ersten Bedürftigen zu beschenken.

Einige Hunderte wechselten die Besitzer, und die drei Radfahrer sahen sich verstehend an.

Als sie ihren Hunger gestillt hatten, und Egon, nach dem ungewohnten Alkoholgenuss, lustig und leutselig wurde, forderten sie ihn immer wieder auf, zur Flasche zu greifen. „Auf einem Bein kann man nicht stehen", lachten sie.

Schließlich war Egon so benebelt, dass er den Fremden das Du anbot und ihnen versprach, aus ihnen Millionäre zu machen.

Einer der Männer hatte inzwischen Alkohol herbeigeholt und Egon wurde mit dem Fusel so abgefüllt, dass er zur Seite kippte und schnarchend einschlief.

Früh am Morgen erwachte Egon mit so einem Brummschädel, dass er glaubte sein Kopf wäre eine dicke Trommel, die mit Schlägen bearbeitet wird. Er erhob sich stöhnend, beugte sich langsam nach rechts

und nach links und hatte erkannt, dass seine Sauf-
kumpane verduftet waren. Schlagartig begriff er, was
geschehen war. Seine goldene teure Armbanduhr
vermisste er ebenso, wie die gesamten Euroscheine.
Ausgeraubt, durchfuhr es Egon mit Schrecken. Nicht
einen Cent fand er in seinen Taschen. Er wäre gerne
mit einem Taxi nach Hause gefahren, aber einen Va-
gabunden, würde jeder Taxifahrer gewiss davonja-
gen. Folglich lief er mit gesenktem Blick durch die
noch menschenleeren Straßen, und eine Stunde später betrat er heimlich und leise seine Villa, die am
Stadtrand lag. Schnell unter die kalte Dusche und
rasch ins Bett. Seine Haushälterin hatte Egon gestern
vermisst, und andern Tags festgestellt, dass er in seinem Bett nicht geschlafen hatte.

„Was ist bloß in dem Alten gefahren? Ich sag ja immer, je oller je doller. Langsam wird er wirr im Kopf,
der alte Kauz", brummte die Haushälterin.

Egon schlief seinen Rausch aus. So gegen achtzehn
Uhr erwachte er und bekam sofort Streit mit seinem
Gewissen.

„Du mit deiner verrückten Idee, Geld zu verschen-
ken", maulte er. „Ich will nichts mehr davon wissen."

„Willst du schon die Flinte ins Korn werfen", fragte
sein Gewissen. „Die Sache beginnt doch jetzt erst
richtig spannend zu werden. Oder war das, was du
erlebt hast nicht doch so ein kleines bisschen Nerven-
kitzel?"

Egon ging in sich. Spannend war es schon. Er kam zu dem Ergebnis, nicht aufzugeben, sondern weiterhin, auszuprobieren mit welcher Methode er wohl sein Geld unter die Leute bringen könnte.

Egon hatte seine Kleidung gewechselt. Er trug zu seiner grauen Hose, ein blaues Hemd und eine hellgraue Windjacke.

Die schwarzen Schuhe waren geputzt, und sein Hut stand ihm ausgezeichnet. Mit weniger Geld in der Tasche, als vorgestern, machte er sich auf den Weg.

Unterwegs, in einem kleinen Seitenpark, saßen junge Männer und Frauen auf einer Parkbank und spielten Karten. Ein kleiner Tisch diente ihnen als Ablage.

Egon trat hinzu und fragte, nachdem er sie höflich begrüßt hatte, ob sie heute schulfrei hätten.

Die etwa sechzehn- bis achtzehnjährigen Mädchen und Jungen lachten belustigt. „Schule", antwortete verächtlich ein stoppelhaariger junger Mann, „der Schulzwang liegt Gott sei Dank hinter uns. Wir sind Versager, uns fehlt die nötige Intelligenz und Reife. Wir sind Lebenskünstler. Wenn Sie vielleicht ein paar Euro spendieren möchten, für Bier und Zigaretten."

Egon griff in seine Jackentasche, förderte ungesehen einen Fünfhunderter zu Tage und legte ihn auf den Tisch, zwischen den Spielkarten.

Die jungen Leute sprangen auf und zuckten zurück. So einen Schein hatten sie noch nie zu Gesicht bekommen. „Willst du uns verarschen, Alter! Falschgeld andrehn! Steck das Ding weg und verschwinde, aber dalli, bevor wir es uns anders überlegen und die Bullen rufen! Oder bist du etwa ein Bankräuber?"

„Der Alte, ein Bankräuber, das kann ich mir nicht vorstellen", mischte sich ein Mädchen ein. „Ich vermutete eher, dass er der Klapsmühle entsprungen ist, und heute seine dicke Rente freigiebig verteilt."

Das Martinshorn erklang, das Mädchen schnappte sich die Banknote und raffte das Kartenspiel zusammen. „Die Bullen kommen! Den entflohenen irrsinnigen Kerl einzufangen! Lasst uns rasch abhauen!"

„Bin ich denn wirklich schon total verrückt", brummte Egon, als er den jungen Leuten nachschaute. Wieder zu Hause, in seinem gemütlichen Wohnzimmer angekommen, ließ er sich von seiner Haushälterin mit Kaffee und Kuchen verwöhnen, bevor er an sein Gewissen appellierte, ihn nicht mehr mit irgendwelchen Ideen zu quälen.

„Du gibst klein bei", brauste das Gewissen auf. „Wegen so ein paar negativen Erlebnissen."

„Man hat mich betrunken gemacht, ausgeraubt, beschimpft und für bekloppt erklärt. Für einen Sexualtäter wurde ich gehalten. Wer vergreift sich schon an so einer spindeldürren Spinatwachtel, wie diese Alte, die mich mit ihrem Krückstock bedroht hatte. Abmurksen hätte man mich können und kein Hahn hätte mir nachgekräht. Ich, ein Bankräuber."

„Als ob ich nicht wüsste wie es dir auf der Straße ergangen ist, schließlich bin ich deine innere Stimme, aber dennoch bohre ich so lange in deinem Kopf herum, bis sich das erste Erfolgserlebnis einstellt", verteidigte das Gewissen seinen Standpunkt.

Egon stöhnte und lehnte sich ergeben zurück.

„Morgen werde ich mich wie ein gebildeter wohlhabender Mann kleiden, mich in ein Straßenkaffee setzen, die Leute beobachten und mich dann entscheiden, mit welchen Worten ich die Menschen anspreche, die ich mit meinen Wohltaten beglücken möchte."

Jener schlanke mittelgroße ältere Herr, der das Café an der Ecke betrat, trug zu seinem dunkelgrauen maßgeschneiderten Anzug ein weißes Hemd eine silbergraue Krawatte und schwarze glänzende Schuhe. Sein dezentes Rasierwasser duftete keineswegs aufdringlich.

Dieser Herr war Egon. Er bestellte Kaffee und Sahnetorte, lehnte sich zurück und ließ seine Blicke schweifen.

Eine Dame, mittleren Alters betrat das Café, entdeckte die freien Plätze neben Egon und schritt darauf zu. „Sind hier noch zwei Plätze frei?", fragte sie und wünschte Egon einen Guten Tag.

Egon grüßte ebenso höflich, „bitte sehr", erhob er sich und rückte ihr den Stuhl zurecht. Dabei fiel ihm auf, dass die Frau zu ihrer hellen Hose einen braunen

Blazer trug. Ihre Gesichtszüge waren faltenfrei, nur an den Schläfen zeigten sich bereits graue Haare. Er schaute in ihre braunen Augen, und ihr wehmütiger Blick erschütterte sein Herz. Sie ist mir sehr sympathisch, dachte er und er fühlte, dass das Schicksal heute zuschlagen würde.

„Vielen Dank", bedankte sich die Dame. „Ich erwarte meinen Sohn, mit dem ich mich hier im Café verabredet habe."

Wenig später erschien der junge Mann, der auf Egon einen guten Eindruck machte, der freundlich grüßte und seine Mutter auf die Wange küsste. „Geht es dir gut, Mama?", fragte er.

„Danke, mein Sohn", antwortete die Mutter zwar freundlich, aber aus ihrer Stimme war ein besorgter Unterton herauszuhören.

„Mama", begann er.

„Ich weiß, lieber Markus, es tut weh, zu verzichten, aber mit meinem Gehalt können wir keine großen Sprünge machen. Du möchtest so gerne in den USA studieren, aber mir fehlen die finanziellen Mittel. Seit dem Tode deines Vaters, der viel zu jung hatte sterben müssen, leben wir von meinem Gehalt als Verkäuferin und einer kleinen Halbwaisenrente",

Egons Herz schlug vor Freude einen Trommelwirbel. Liebes Gewissen, ich danke dir, dass du so hartnäckig geblieben bist. Nun schlägt meine Stunde und deine Sturheit hat sich ausgezahlt. Wahrscheinlich habe ich doch nicht umsonst geschuftet und mir nichts gegönnt. Dieser netten Frau und ihrem Sohn gehört ab heute mein Vermögen.

Egon stellte sich vor. „Wacker", sagte er. Die Frau nannte ebenfalls ihren Namen. Sabine Mayer, der Vorname gefiel Egon.

„Ich bitte Sie, mich nicht falsch zu verstehen, wenn ich Sie bitte, meine Gäste zu sein. Auch bei mir zu Hause würde ich Sie gerne begrüßen. Mit meiner ebenfalls betagten Haushälterin bewohne ich ein viel zu großes Haus.

Platz ist ausreichend vorhanden, Sie könnten davon einen Flügel bewohnen, Sie, als meine Tochter. Und Ihr Sohn wäre dann mein Enkel..."

„Ich verstehe kein Wort", fuhr Sabine überrascht in die Höhe. „Wie kommen Sie darauf, dass ich Ihre Tochter bin, Herr Wacker?"

„Sie werden meine Tochter", entgegnete Egon ganz Welt-und Geschäftsmann. „Wenn Sie einverstanden sind, werde ich Sie und Ihren Sohn adoptieren."

„Könnte ich dann in Amerika studieren?", fühlte Markus ganz vorsichtig vor.

„Auf der ganzen Welt kann ich Ihnen Studienplätze besorgen", versprach Egon, „und wohnen werden Sie dann in einer meiner Wohnungen, die ich in zahlreichen Staaten besitze."

„Mama..." stammelte Markus überwältigt.

„Was erwarten Sie von uns als Gegenleistung?", hatte Sabine gefragt.

„Dass Sie mir manchmal Gesellschaft leisten, meiner alten Haushälterin hin und wieder zur Hand gehen und dass Ihr Sohn, nach seinem Studium meine Geschäfte weiterführt", hatte er geantwortet.

Innerhalb der nächsten Woche hatten Sabine und Markus ihn besucht, und sich bei Egon sofort wie zu Hause gefühlt.

Egon, der nicht nur mit Wirtschaftsbossen, sondern auch mit Politikern auf Augenhöhe verkehrte, bekam alsbald die Adoptionszusage ausgehändigt.

Und als er Sabine und Markus in seinem Haus zum zweiten Mal empfing, da staunte seine Haushälterin.

„Sabine ist meine Tochter und Markus mein Enkel", lachte Egon über das verdutzte Gesicht der alten guten Seele seines Hauses.

Jetzt ist der alte Zausel total durch geknallt, dachte die alte gute Seele.

„Ich weiß, was Sie denken, meine Liebe", wandte er sich seiner Haushälterin zu, „Der Alte tickt nicht mehr ganz richtig. Plem plem", drückte er den Zeigefinger gegen seine rechte Schläfe, und ein herzhaftes mehrstimmiges Gelächter erhellte das Haus.

Selbst die Haushälterin lachte mit, umarmte Egons neue „Familie" und hieß sie „Herzlich Willkommen."

Mit seiner neuen Familie war Frohsinn in Egons Haus eingekehrt. Sein Gewissen meldete sich auch nicht mehr. Es war lupenrein.

Eine glückliche Familie

Egon Wacker hatte die vierzigjährige Sabine und ihren neunzehn Jahre alten Sohn Markus in einem Café kennengelernt und inzwischen auch adoptiert. Und nun lebten sie, gemeinsam mit der Haushälterin, in einem mit zwölf Zimmern ausgestatteten, dreigeschossigen Haus.

„Dass ich mit meinen achtzig Jahren von heute auf morgen Vater und Großvater wurde, kann ich immer noch nicht glauben. Zwick mich mal, Sabine", forderte Egon seine Adoptivtochter auf, ihn in den Arm zu kneifen.

„Gern, lieber Adoptivpapa", lachte Sabine.

„Aua! Du hast ja einen harten Griff", stöhnte Egon und verzog wie unter Schmerzen sein Gesicht. Dabei hatte sie nur an seinem Ärmel gezupft.

„Hast du gespürt, dass du nicht mehr allein bist? Markus und ich werden dir sehr oft Gesellschaft leisten. Allein möchten wir auf unsere Zimmer auch nicht sitzen."

„Dafür bin ich euch dankbar…"

„Wir müssen dir dankbar sein, Papa, nicht umgekehrt", wehrte Sabine ab. „Nicht wahr, Markus", wandte sie sich ihrem Sohn zu.

„Ich bin glücklich, endlich in den USA studieren zu können. Dank deiner Hilfe, lieber Großpapa", strahlten Markus blaue Augen.

„Das sollte zwar eine Überraschung werden, aber da wir drei nun schon so gemütlich beisammensitzen, kann ich mich nicht mehr zurückhalten, mein Geheimnis preis zu geben..." unterbrach er sich und seine dunkelbraunen Augen waren minutenlang auf Sabine und Markus gerichtet.

Sabine und Markus schauten ihn fragend an, wagten es jedoch nicht, Fragen zu stellen. Wie sie ihren Papa und Großvater in der kurzen Zeit Ihres Zusammenlebens kennengelernt hatten, wussten sie, dass er sie nicht lange auf die Folter spannen würde.

Aber so schnell ging Egon nun auch nicht direkt auf sein Ziel los. „Was haltet ihr von einer Flugreise?", fragte er.

„Eine Flugreise? Wohin?", horchte Sabine auf.

„Keine Gegenfrage, liebe Sabine", lachte Egon. „Hast du Flugangst?"

„Nein, ich glaube nicht, obwohl ich noch nie geflogen bin."

„Dann wäre das auch geklärt. Und du, würdest du mit deinem Großvater ein Flugzeug besteigen, Markus?"

„Aber immer, lieber Großpapa!" stimmte Markus zu.

„Ich muss euch reinen Wein einschenken, ich habe einen Flug für uns drei schon gebucht. Wir fliegen mit einem meiner Freunde in seinem Privatjet."

„Großpapa, du verwöhnst uns!" frohlockte Markus.

„Das ist auch meine Absicht", stimmte Egon freudig zu. „Aber seid ihr gar nicht neugierig, wohin die Reise geht?"

„In irgendeinem Feriengebiet, Mallorca. Auf die Bahamas, nach Afrika…"

„Warum nicht nach Amerika", unterbrach Egon seinen Enkel.

„Das wäre das höchste aller Gefühle", brachte Markus seine Freude zum Ausdruck. „Nach New York, Opa sag schnell, ja!" Markus war aufgesprungen. Seine Wangen glühten. Ihn hielt es nicht mehr im Sessel. Er hatte neben seinem Großvater Platz genommen und ihm seinen linken Arm auf die Schulter gelegt.

„Du glühst ja bereits vor Eifer, Markus", stellte Egon fest. „Wenn du deinen Lerneifer mit ebenso viel Elan betreibst, wie du dich auf New York freust, dann kann ich mit dir mehr als zufrieden sein…"

„Er ist einer der Besten im Gymnasium. Sein Staatsexamen hat er mit eins Koma eins bestanden", warf Sabine dazwischen.

„Wenn das so ist, dann werde ich dich mit New York und der gesamten USA belohnen."

„Danke, Opa, ich werde dich nicht enttäuschen", umhalste Markus seinen Opa.

„Das will ich auch hoffen, schließlich sollst du in den kommenden Jahren meine Geschäfte übernehmen."

„Aber Papa", wandte Sabine ein. „Um dein Unternehmen leiten zu können, ist Markus noch viel zu jung."

„Wer spricht denn von heute oder morgen. Während seines Studiums der Betriebswirtschaften, wird er so nach und nach, von mir, sofern ich noch lebe, und von meinen erprobten Direktoren auf seine Aufgaben vorbereitet. Bist du damit einverstanden, Markus?"

„Ich tue alles zu deiner Zufriedenheit. Aber du sollst noch sehr lange leben, lieber Großvater"

„Seit ich eine Tochter und einen erwachsenen Enkel habe, fühle ich mich wie zwanzig."

„Toll, Opa."

„Übermorgen fliegen wir."

„Dann werde ich sofort die Koffer packen. Wie lange werden wir auf Reisen sein, Papa?"

„Drei Monate. Von meiner Zweitwohnung, die in New York liegt, werden wir mit dem Auto die USA bereisen und uns die schönsten Plätze anschauen."

Egon war glücklich zu sehen, wie die Augen von Sabine und Markus strahlten, als sie mit einem Taxi durch New York fuhren. Mit einem Luftkissenboot fuhren sie später in Florida durch die Everglades. In San Francisco bestaunten sie die Golden Gate Bridge. Sie schauten in die Hollywood Filmstudios hinein. Der Blick auf die Niagarafälle und den Grand Canyon verschlug ihnen die Sprache.

„Lieber Opa, ich bin überwältigt" rief Markus aus und drückte seinen Opa an sich.

Drei Monate später fuhr Egon wieder nach New York zurück. „Nun sind wir wieder an meinem zweiten Wohnsitz angekommen", sagte er

„Das, was wir in Amerika gesehen haben, war so großartig, dass ich ein Leben lang davon träumen werde. Vielen Dank für alles, lieber Papa", küsste Sabine Egon auf die Wange.

„Danke, Opa, du hast uns reichlich beschenkt", schloss sich Markus seiner Mutter an. „Dieser USA-Trip wird uns unvergesslich bleiben, nicht wahr, Mama?"

„Ich sehe noch immer im Geiste die grandiose Landschaft und das pulsierende Leben in den Großstädten", glänzten Sabines blaue Augen. „Vielen Dank, lieber Papa, für die Freude die du uns bereitet hast."

„Wenn ihr glücklich seid, bin ich es auch", lachte Egon aus vollem Herzen. „Frischgestärkt werden wir nun ans Werk gehen. Für dich, lieber Markus, beginnt morgen der Ernst des Lebens. Du wirst studieren und dich nebenbei noch mit dem Bankwesen beschäftigen. Unter der Leitung meines Direktors wirst du lernen, Geldgeschäfte abzuwickeln. Wohnen wirst du in der Wohnung über meiner Bank. Dort bist du dann auf dich alleingestellt. Das heißt nicht ganz allein, unter deiner Dachgeschosswohnung wohnt mein Hausmeister und Gärtner mit seiner Frau und seiner achtjährigen Tochter. Die Gattin des Hausmeisters wird deine Wäsche und die Wohnung in Ordnung halten und an so manch einem Abend könnt ihr zusammensitzen und euch unterhalten. Die drei sprechen übrigens auch Deutsch."

„Markus...", begann Sabine.

„Ich weiß, Mama, du hast Angst, ich könnte mich nicht zurechtfinden", unterbrach er seine Mutter. „Ich habe doch alles was ich brauche. Eine eingerichtete Wohnung, eine Ersatzmutter, die sich um mich kümmert und..."

„Einen Privatchauffeur, den du jederzeit in Anspruch nehmen kannst", vervollständigte Egon den Satz. „Und wir zwei, liebe Sabine, fliegen morgen mit einer Linienmaschine nach Deutschland zurück. Ich muss mich um meinen Betrieb in Deutschland kümmern."

Wieder in Deutschland angelangt, stellte Egon fest, dass er in seiner Firma nicht vermisst wurde, aber seinen adoptierten Enkel, mit dem er lebhafte Gespräche geführt hatte, vermisste er sehr. „Hast du mit Markus telefoniert, Sabine?", hatte er jeden Abend gefragt.

„Es geht ihm gut. In der Universität hat er sich mit einem jungen Mann zusammengetan, mit dem er gemeinsam den Lehrstoff durcharbeitet."

„Von meinem Bankdirektor habe ich erfahren, dass sich Markus eifrig mit dem Bankwesen beschäftigt und täglich Fortschritte macht", sagte Egon.

„Und von der Frau deines Hausmeisters wird er bemuttert. Was er sich gerne gefallen lässt", lachte Sabine befreit auf, und der Stolz auf Ihren Sohn leuchtete aus ihren blauen Augen.

So flogen die E Mails hinüber und herüber über den großen Teich, zwischen Deutschland und New York.

Mitten in der Nacht klingelte das Telefon unaufhörlich, so dass Sabine schließlich erwachte. Sie schlüpfte rasch in einen Morgenmantel. Sie stürzte die Treppe hinab, betrat das Büro und ergriff den Telefonhörer. „Wacker", meldete sie sich mit verschlafener Stimme.

Am anderen Ende befand sich Egons Hausmeister.

Sabine erblasste, der Hörer entglitt ihrer Hand.

In dem Moment erschien Egon. „Was ist los Sabine, du telefonierst mitten in der Nacht."

„Markus liegt im Krankenhaus", kam es kaum hörbar von ihren bebenden Lippen, und aufschluchzend warf sie sich in Egons Arme. „Hätte ich ihn bloß nicht alleingelassen, Papa", stammelte sie.

„Du kannst ihn nicht laufend bewachen", ergriff er ihre Hand. „Komm, Sabine nimm in den Sessel Platz. Ich werde mit meinen Hausmeister sprechen…"

„Ich muss zu Markus…"

„Bleib bitte solange sitzen bis ich mit dem Hausmeister gesprochen habe. Vielleicht klärt sich alles schneller auf, als wir denken", konnte Egon ein Zittern in seiner Stimme nicht verbergen.

„Beeile dich, Papa", stieß Sabine hervor. „Ich habe keine Ruhe."

Am Telefon erfuhr Egon, dass Markus zwei Kinder aus einem brennenden Haus gerettet, und eine Rauchgasvergiftung erlitten hatte.

„Ich möchte meinen Sohn sehen, lieber Papa."

„Wir fliegen gemeinsam nach New York, Sabine. Ich werde sofort eine Maschine chartern, die uns heute Nacht nach New York fliegt."

An Schlaf war nicht mehr zu denken, auch im Flugzeug nicht.

Egons Chauffeur erwartete sie am Flughafen. Er fuhr sie umgehend in die Klinik. Der Chefarzt der Klinik war ein Freund von Egon. Er führte Egon und Sabine durch die Korridore in eine abgeschirmte Abteilung, wo Markus in einer Druckkammer lag.

Blass und hilflos ruhte er in einem Sauerstoffzelt.

Sabine weinte am Arm ihres Adoptivvaters.

Und Egon betete in Gedanken: „Herrgott, du hast mir diesen Enkel vor Kurzem erst geschenkt, willst du ihn mir nun wieder entreißen?"

Als ob der Chefarzt Egons Gedanken lesen konnte, hatte er gesagt, dass

Markus nach ein paar Wochen die Klink als geheilt entlassen würde. Früh genug sei er eingeliefert worden, so dass mit bleibenden Schäden nicht zu rechnen sei.

In New York war der Name Markus in aller Munde: Ein deutscher Student, der Enkel des Multimillionärs Egon Wacker hatte zwei kleine Kinder aus einem brennenden Gebäude gerettet.

Die Tage voller Bangen, Hoffen und Zweifel, verstrichen für Sabine und Egon viel zu langsam.

Drei Wochen später, die befreiende Nachricht: Markus war aus dem Koma erwacht. Er war in ein Einbettzimmer verlegt worden.

Sabine und Egon hatten jeden Tag einen Blick auf ihn geworfen. Endlich war er ansprechbar.

„Opa, Mama", freute er sich, seine geliebte Familie zu sehen.

„Wie geht es dir, mein Junge", ließ Egon den Blick auf seinen Enkel ruhen.

„Gut, Opa", antwortete Markus. „Was haben wir heute für ein Datum?", wandte er sich seiner Mutter zu, die seine Rechte ergriffen hatte.

Sabine nannte das Datum.

„Dann habe ich drei Wochen geschlafen."

„Ganz recht, lieber Markus", stimmte ihm seine Mutter zu, und Egon bemerkte: „Dein Denkvermögen scheint nicht gelitten zu haben."

„Warum sollte es? Ich habe nicht vergessen, dass ich mit meinem Vorschlag dein Bankvermögen um eine Million Dollar vergrößert habe."

„Das hatte mir der Bankdirektor bereits verraten. Aber du sagst: Deine Bank.

Sie gehört dir."

„Opa…" war Markus sprachlos.

„Papa", stammelte Sabine.

Und Egon lachte herzhaft angesichts ihrer verblüfften Mienen. „Zwei Kinder, selbstlos aus einem brennenden Haus herauszuholen ist sehr lobenswert, lieber Markus. Dieser mutige Einsatz muss belohnt werden."

„Es ist doch selbstverständlich, dass man Hilfe leisten muss", wehrte Markus ab.

„Nicht jeder denkt so", sagte Sabine.

„Ganz recht", mischte sich Egon ein. „Dafür wirst du belohnt. Wir werden während deiner Semesterferien durch Kanada reisen…"

„Opa!" jubelte Markus. „dafür rette ich noch einmal zwei Kinder aus einem brennenden Haus!" lachte er belustigt auf.

„Untersteh dich!" drohte ihm Sabine mit dem Finger. „Die Ängste und Sorgen um dein Leben haben mir viele schlaflose Nächte bereitet. Und dein Großvater saß viele Tage und Nächte in der Dachgeschosswohnung über seiner Bank und wartete darauf, dass sein Enkel bald wieder dort einziehen würde."

„Wenn ihr mir zusichert, dass ihr noch ein paar Tage in New York bleibt, komme ich sofort mit, der Chefarzt hat mich heute aus seiner Obhut entlassen."

„Dann vorwärts, mein Junge, nehmen wir deine Auskehr aus dem Krankenhaus in Angriff!" entschied Egon theatralisch wie ein Schauspieler und streckte die Arme in die Höhe, als ob er die ganze Welt umarmen wollte.

Und drei glückliche Menschen verließen frohen Herzens die Klinik.

Der Lottogewinn

„Liebe Frau Menden, wissen Sie schon das Neuste? Die Breuers haben den Jackpot geknackt. Sechszehn Millionen. Was wollen die Breuers mit so viel Geld? Die haben doch schon alles, was wir nicht besitzen. Ein großes modernes Haus, einen teuren Sportwagen und zwei nette Kinder", äußerte sich Frau Fiseler.

„Sie werden doch wohl nicht neidisch werden, meine Lieben?", spöttelte der Nachbar Gerd Kranski, dem das Gespräch der Frauen nicht entgangen war und der lächelnd seinen täglichen Spaziergang fortsetzte.

Die Frauen, beide ende sechzig, noch gut aussehend, waren in der Siedlung beliebt. Obwohl sie gerne tratschten, wurden sie dennoch gemocht, vor allem von den Kindern. Sie hatten immer ein paar Cent in der Tasche. Das wussten die Kinder, daher nahmen sie den beiden so manche Arbeit ab.

Leere Flaschen entsorgen oder Brötchen einkaufen.

Die zehnjährigen Zwillinge, Lisa und Laura Breuer, waren besonders freundlich zu allen Leuten in der Nachbarschaft. Und nun wurde vermutet, dass die beiden Mädchen abheben könnten. Nach diesem Lottogewinn, lag es doch sicher nahe, dass das Geld den Charakter verdirbt.

„Hallo, Lisa und Laura", wurden die Zwillinge von Frau Menden angesprochen. „Darf ich euch um einen

Gefallen bitten? Könnt ihr mir Brötchen vom Bäcker holen? Ich bekomme überraschend Besuch und kann im Moment das Haus nicht verlassen."

„Gerne, Frau Menden", waren die beiden sofort bereit los zu radeln.

Und als Frau Menden ihnen Geld für den Einkauf in die Hände drückte legte sie noch ein paar Cent obendrauf.

Frau Fiseler, in ihrem kleinen älteren Einfamilienhaus, stand hinter der Gardine und verfolgte voller Neugier das Geschehen vor dem kleinen Bungalow, den die Frau Menden, nach dem Tode ihres Mannes allein bewohnte. „Die Mädchen, mit den Millionen der Eltern im Rücken, werden doch wohl jetzt kein Geld mehr von einer Rentnerin annehmen?", murmelte Frau Fiseler vor sich hin.

Lisa und Laura schwangen sich auf ihre Fahrräder, strampelten durch die Wohnsiedlung und benutzten die Abkürzung über einen Feldweg. Die Mädchen kehrten nicht zurück. Stunden später waren sie immer noch wie vom Erdboden verschluckt.

„Ich bin schuld, ich bin schuld, dass die Mädchen verschwunden sind!" klagte sich Frau Menden an.

Der Abend hatte sich über die Dächer der Siedlung gesenkt, die Menschen zogen sich in ihre Häuser zurück, nur ein Suchtrupp der Polizei, mit starken Lampen ausgerüstet, durchkämmte die Gegend. Und ein

Hubschrauber der Polizei, mit Warmbildkamera ausgerüstet, kreiste über die Stadt.

Gerd Kranski, ein siebzigjähriger pensionierter Polizeibeamter, der schon früh auf den Beinen war, vermutete, dass jemand aus der Nachbarschaft, die Mädchen entführt haben könnte, um bei den Eltern Lösegeld zu erpressen. Oder, wer wusste sonst noch von dem angeblichen Geldsegen?

Ihm kamen die Brüder Lenders verdächtig vor. Zwei Männer im Alter von circa fünfzig Jahren. Sie lebten seit einem Jahr zurückgezogen in einer alten Bauernkate und pflegten keinen Kontakt zu ihren Nachbarn.

„Eine Person allein kann unmöglich zwei Mädchen im Alter von zehn Jahren entführen und auch noch die Fahrräder mitnehmen", sagte Kranski zu dem Kriminalbeamten, der die Ermittlungen leitete. „Die Gebrüder Lenders kommen mir irgendwie verdächtig vor. Sie scheinen mir sehr menschenscheu zu sein", fügte Kranski hinzu.

„Wir haben auch das Grundstück der Lenders unter die Lupe genommen, und nichts Verdächtiges entdecken können", entgegnete Kommissar Faulbert. „Aber deswegen einen Menschen zum Straftäter abzustempeln, nur weil er zurückgezogen lebt, lieber Herr Kranski, das kann ich nicht akzeptieren", betonte der Ermittler.

„Dennoch werde ich Augen und Ohren offenhalten", verabschiedete sich Kranski.

„Wenn Sie mir bei der Aufklärung des Falles behilflich sind, wäre mir das sehr recht", war der junge Beamte einverstanden.

Die Suche nach Lisa und Laura Breuer wurde am
fünften Tag erfolglos eingestellt.

Das Ehepaar Breuer hatte sich zurückgezogen und
vermied jeden Kontakt zu der Nachbarschaft. Diese
kontaktfreudigen Menschen waren am Ende ihrer
Kräfte und bangten um das Leben ihrer geliebten
Kinder.

Frau Fiseler und Frau Menden schlichen niederge-
schlagen durch die Straßen, und Gerd Kranski erfuhr
von ihnen, dass sie die ganze Schuld auf sich geladen
hatten. „Das wäre, heute, morgen oder an jedem anderen Tag geschehen", richtete er die Frauen wieder
auf. „Die Entführung ist geplant worden. Machen Sie
sich keine Vorwürfe. Ich habe heute erfahren, dass
sich eine männliche Person gemeldet und Lösegeld
gefordert hatte. Die Mädchen leben. Und das ist die
Hauptsache."

Einen Anruf hatten die Breuers bekommen, in dem
sie aufgefordert wurden fünf Millionen Euro bereit-
zulegen. Wann, wie und wo, die Geldübergabe stattfinden sollte, würden sie in einem zweiten Anruf erfahren. Und keine Polizei, sonst... Der unvollendete
Satz, hing wie ein Damoklesschwert über die Eltern
der entführten Kinder.

Inzwischen war Gerd Kranski nicht untätig gewesen. Jeden Tag umrundete er den alten Bauernhof in dem die Gebrüder Lenders wohnten.

Mit polizeigeschärften Sinnen beobachtete er jede Bewegung. Es entging ihm nicht, dass die Brüder Lenders mehrere nagelneue Koffer in einen Kleintransporter verstauten.

Sehr verdächtig. Zum Abtransport des Geldes, vermutete Kranski.

Die Geldübergabe wird sicherlich neben diesem Transporter stattfinden und die Erpresser können sich dann sofort aus dem Staub machen, war sich Kranski sicher. Wie kann ich das verhindern und die gefangenen Mädchen befreien? Wenn ich nur wüsste wo man sie eingesperrt hat? Sollten die Brüder die Entführer sein, muss es mir gelingen, sie zu überführen, entfernte sich Kranski von dem Gehöft und setzte grüblerisch seinen Spaziergang fort.

Einen Tag später, auf seiner Erkundungstour, wurde er zufällig Zeuge, wie die Brüder ihren PKW bestiegen und davon fuhren.

Durch die durchlöcherte Hecke kroch der ältere Herr und betrat einen verwilderten Garten, den er eingehend in Augenschein nahm. Laub, knöcheltief, fast vermodert, dämpfte seine Schritte. Lautlos ging er weiter, bis er das Gefühl hatte, dass der Boden unter seinen Füssen nachgab. Als er sich bückte, stellte er fest, dass das Laub aufgelockert worden war. Sofort räumte er die Blätter zur Seite und stieß auf einen

Holzfußboden, den er freilegte. „Eine Falltür", staunte er.

„Verdammt schwer, für eine Person", stöhnte er, als es ihm gelang die Klappe zu öffnen.

Vor vielen Jahrzehnten war dieser Keller zur Frischehaltung von verderblichen Lebensmitteln gebaut worden. Heute lagen Lisa und Laura, mit Decken zu gedeckt auf zwei Pritschen, in dem Kellerraum, in dem auch ihre Fahrräder standen, und weinten haltlos vor sich hin.

„Kinder", entfuhr es dem ehemaligen Polizisten.

„Onkel, Kranski! Bring uns bitte hier raus!" riefen sie mit Tränen in der Stimme.

„Ihr seid frei, aber vorerst muss die Kriminalpolizei kommen und die Brüder überführen, solange müsst ihr noch in dem Keller ausharren. Außerdem sind die Treppenstufen so marode, dass ich nicht zu euch hinabsteigen kann. Ich müsste erst eine Leiter herbeischaffen", sagte er, schloss die Falltür und bewarf sie wieder mit Laub.

Minuten später schon hatten sich mehrere Polizisten auf dem verwilderten Gelände hinter Büschen verborgen, um die Brüder Lenders in Empfang zu nehmen.

Als eine halbe Stunde später die beiden Männer zurückkehrten, wurden sie sofort von mehreren Polizisten umringt.

„Was geht hier vor?!", empörte sich einer der Brüder, ein etwa fünfzigjähriger Mann, mit schütterem Haar und Bauchansatz.

„Sind Sie Herr Lenders?", fragte Kommissar Faulbert.

„Ganz recht, mein Name ist Hans Lenders und das ist mein jüngerer Bruder Ewald. Und nun möchte ich gerne von Ihnen erfahren, was der Polizeiaufmarsch zu bedeuten hat?"

„Hausdurchsuchung. Bitte lesen Sie den gerichtlichen Bescheid. Sie werden der Kindesentführung und der Erpressung verdächtigt."

Der Beamte zeigte auf das amtliche Schriftstück und übergab es Hans Lenders zum Lesen.

„Der Wisch interessiert mich nicht!", brauste Hans Lenders auf. „Wir haben mit der Entführung nichts zu schaffen."

„Und was haben die Koffer in Ihrem Transporter für eine Bewandtnis?", erkundigte sich der junge Kommissar.

„Sie haben es gewagt, ohne unsere Erlaubnis, in unserem Eigentum herumzuschnüffeln!", wurde Ewald sehr laut.

„Sie sind beim Verladen der Gepäckstücke beobachtet worden", antwortete der Polizeibeamte, und forderte die Brüder auf, die Haustür zu öffnen. „Begleiten Sie uns bitte", fügte er hinzu. „Ich möchte Sie bei der Durchsuchung an meiner Seite wissen."

Dirk Faulbert, der junge Kripo-Mann ging ganz geschickt vor. Obwohl er wusste, wo die Mädchen festgehalten wurden, wollte er nicht so direkt vorgehen. Langsam, im Beisein der Brüder Lenders, sollte das Grundstück durchsucht werden. Zum Schluss erst sollte das Gefängnis der Mädchen durch Zufall entdeckt werden. Wären sie sofort auf das Ziel zugegangen, hätten die Brüder wahrscheinlich Ausreden erfunden und die Polizei beschuldigt, diese Kindesentführung selbst inszeniert zu haben, um sie als Täter zu präsentieren. Weil die Kellerklappe wieder mit Laub zugedeckt worden war, konnten die Brüder keine Ausflüchte anbringen. Nur ihnen konnte das Versteck bekannt sein.

Nachdem die Polizisten Haus und Grundstück ohne Erfolg auf den Kopf gestellt hatten, aber im Garten auf die hölzerne Falltür stießen, war die Überraschung perfekt.

Wie von Dirk Faulbert geplant, so geschah es. Als unter den Füssen der Polizisten der Erdboden nachgab, fragte Dirk die Brüder: „Wissen Sie, warum der Boden an dieser Stelle nachgibt?"

„Woher können wir das wissen, wir wohnen doch erst seit ein paar Monaten auf diesem Grundstück", antwortete Ewald Lenders.

„Bitte das Laub entfernen", wandte sich Dirk Faulbert seinen Kollegen zu. „Mal schauen was sich darunter verbirgt", sagte er ganz beiläufig und nahm die Brüder scharf ins Auge. Die erblasst waren und von mehreren Polizisten sofort scharf bewacht wurden.

Mit Hilfe einer Leiter, wurden die Mädchen befreit, und auf einen Wink des Beamten, liefen sie zu ihren Eltern, die im Hintergrund auf sie warteten.

„Sie sind wegen Kindesentführung vorläufig festgenommen. Bitte folgen Sie meinen Kollegen", bestimmte der junge Kripo-Mann, und überwachte den Abtransport der Gebrüder Lenders.

Dirk Faulbert, verließ das Grundstück, mit Gerd Kranski an seiner Seite, dem er es zu verdanken hatte, dass der Fall so schnell gelöst werden konnte.

Und das mit dem Lottogewinn war nur ein Gerücht. Statt sechzehn Millionen wurden dem Ehepaar Breuer sechshundert Euro ausgezahlt.

Machtkampf im Revier

Ambrosius, der alte Rothirsch, scharrte so heftig mit den Hufen, dass die Grasbüschel durch die Luft flogen. Er stieß das Geweih in ein Gebüsch, riss das Astwerk heraus und warf es von sich.

Er wollte es nicht glauben, dass schon wieder ein Rivale aus dem Wald heraus getreten war, um ihn zum Zweikampf heraus zu fordern.

Der Eindringling näherte sich der Lichtung, auf der das Rudel friedlich äste.

Soeben hatte Ambrosius mehrere Gegner siegreich in die Flucht geschlagen und glaubte, sich ausruhen zu können, da trat dieser junge Spund aus der Deckung hervor.

Breitbeinig stand der Fremdling felsenfest auf der Wiese, auf dem Grund und Boden, den nur Ambrosius und seine Familie betreten durften.

„Dem werde ich Anstand beibringen", schnaubte Ambrosius.

Während der Brunftzeit, mir mein Revier streitig zu machen, wird ihm wohl kaum gelingen, fügte er in Gedanken hinzu.

Ein Jahrzehnt lang hatte der alte Platzhirsch sein Rudel beschützt, durch alle Gefahren geführt und für Nachwuchs gesorgt.

Gesunde wohlgenährte Nachkommen bevölkerten sein Revier. Er war stolz auf sein junges Volk. Und er schaute gerne zu, wenn die halbwüchsigen Böcke unermüdlich ihre Rangkämpfe austrugen. Er musste selten eingreifen. Nur, wenn die jungen Spießer zu übermütig wurden, dann gab es etwas auf die Hörner.

Sein Revier hatte er sich Jahr für Jahr, gegen Rivalen, neu erkämpfen müssen.

Selbst die Hirschkühe waren ihm treu geblieben.

Heute kann sich das Blatt zu meinem Nachteil wenden, dachte Ambrosius. Schließlich hatte er heute schon mehrere Kämpfe durchgestanden.

Nach jedem Kampf hatte er Schmerzen in den Muskeln und Knochen verspürt, die nicht mehr so elastisch waren, wie vor einem Jahr noch.

Sein Stampfen mit den Hufen und mit dem Geweih einige junge Bäume aus dem Erdreich aus zu reißen, schienen dem Ankömmling nicht zu imponieren. Folglich blieb Ambrosius nichts anderes übrig, als ihn anzugreifen.

Zunächst versuchte er dem Fremdling mit Röhren Angst ein zuflössen.

Dieser jedoch zeigte sich unbeeindruckt und rückte näher heran.

Ambrosius durfte keine Zeit verlieren. Wollte er dem Eindringling zeigen wer hier der Herrscher war, musste er den Zweikampf beginnen.

Obwohl der Fremdling seinen muskulösen Körper zur Schau stellte, seine starken sehnigen Läufe in den Boden stemmte und sein achtzehnender Geweih zum Kampf ausrichtete, war Ambrosius zum Kampf bereit.

Vorerst sollte seine Stimme den Gegner einschüchtern.

So oft er auch röhrte, der Erfolg blieb aus.

Im Gegenteil, der Fremde schien ihn mit seinen Blicken zu durchbohren.

Das durfte Ambrosius nicht durchgehen lassen.

Hier führte nur ein Angriff zum Sieg.

Ambrosius erbebte und warf das sechszehnender Geweih hin und her.

„Die Hirschkühe gehören mir!" röhrte er, und das Gebrüll, das er ausstieß, sollte dem Gegner durch Mark und Bein gehen.

Das Röhren verhallte wirkungslos auf der Lichtung. Das Gegenteil geschah. Der junge Hirsch gab nun seinerseits mehrere Töne von sich, die Ambrosius nicht kalt ließen.

„Hier bin ich der absolute Herrscher!" versicherte der Alte.

„Nicht mehr lange" röhrte der junge Rothirsch. „Alter Mann sei gescheit und überlass mir dein Rudel."

„Ich werde dir gleich zeigen, wer hier ein alter Mann ist", stürmte Ambrosius drauflos.

„Nicht so hitzig, Alter", entgegnete der Jüngere. „Mein achtzehnender Geweih könnte dich verletzen."

„Mit meinem Sechszehnender habe ich schon so manch einem Zwanzigender das Fürchten beigebracht."

„Aber nicht mehr in deinem Alter", höhnte der Rivale.

Diese Äußerung brachte Ambrosius so in Rage, dass er unkontrolliert voran stürmte.

Der junge Rothirsch, der von Kindesbeinen an, alle Rangkämpfe siegreich bestanden hatte, empfing den Angreifer mit standfesten gespreizten Beinen, so dass der Alte bei dem Aufprall zurückgeschleudert wurde.

Ambrosius griff sofort wieder an, konnte aber keinen Bodenbreit gut machen.

Während er sich aus den Schaufeln des Jüngeren befreite, verspürte er, dass seine Kräfte nachließen.

„Komm nur näher", versuchte der Junge den Alten zu provozieren.

„Immer langsam mit den jungen Pferden", wollte Ambrosius Ruhe in den Kampf hinein bringen, um Zeit zu gewinnen und um zu überlegen, wie er den Burschen niederringen könnte.

Obwohl der alte Kämpfer erkannt hatte, dass er der jugendlichen Kraft weichen musste, sann er auf eine List.

Das schien der Junge zu spüren und legte nun seinerseits die Spielregeln fest. Diesmal startete er den Angriff, drückte seinen Achtzehnender in das Gehörn des Gegners und brachte ihn beinahe zu Fall.

Ambrosius strauchelte. Seine Knie wurden weich. Er befürchtete, zu stürzen und aufgespießt zu werden.

„Ich ergebe mich", gestand er seinem Bezwinger.

„Dann lass uns den Kampf beenden, bevor noch Blut fließt", hob der junge Hirsch den Kopf und ließ ein Röhren hören, das so kräftig war, dass die Hirschkühe sofort Bescheid wussten, dass sie ab sofort ihrem neuen jungen Gebieter ihre Gunst zu gewähren hatten.

„Papa", lief ein junges Hirschkälbchen auf ihren Vater zu. „Geh nicht fort", bat sie ihn.

„Ich muss euch verlassen. Das ungeschriebene Gesetz verlangt es von mir. Ich darf dem Sieger nicht im Wege stehen. Das ist der Lauf des Lebens. Zudem lässt meine Kraft nach, euch zu beschützen. Sei lieb zu dem neuen Herrscher, dem neuen König des Waldes. Meine Königswürde musste ich an einen jüngeren abtreten. Er wird euch von nun an führen. Er macht auf mich einen guten Eindruck und scheint sehr edelmütig zu sein. Er hat mich nicht sofort vertrieben, sondern hat mir Zeit gelassen, mich mit der veränderten Situation abzufinden."

„Leb wohl, Papa", verabschiedete die kleine Hirschkuh ihren Vater und bekämpfte ihre Traurigkeit mit wilden Bocksprüngen.

Die erwachsenen Hirschkühe nahmen den Abschied gelassen hin. Sie waren neugierig auf den Neuen, der röhrend sein Rudel umrundete und zum Ausdruck brachte, dass er als neuer Herrscher berechtigt war, seine fünfzehn Kühe kennen zu lernen.

Der alte Hirsch schaute sich mehrmals um. Geknickt und abgeschlagen trottete er den Pfand entlang, der ihn aus seinem verlorenen Reich führte, zurück zu dem Ort in dem er geboren wurde.

In seiner alten Heimat, die er vor zehn Jahren verlassen musste, weil er erwachsen war und seinem Vater die Kühe abspenstig gemacht hatte, wurde er von einer alten Hirschkuh empfangen.

„Du bist ein alter Mann geworden", stellte sie fest. „Deine Zähne fallen aus, dein Geweih bröckelt ab, unserem jungen Gebieter kannst du zwar nicht gefährlich werden, aber dennoch rate ich dir, verlass sofort unsere Lichtung.

Wenn dich der Junge erblickt, könnte es für dich ungemütlich werden."

„Wo soll ich denn mein müdes Haupt niederlegen?", fragte Ambrosius.

„Begibt dich auf den Hügel, deinem Lieblingsplatz, wo du als junger Spießer einst sehnsuchtsvoll in die Ferne geblickt hast. Im Schatten des Baumes, der inzwischen eine ausladende Krone trägt, kannst du äsen und ungestört von vergangenen Zeiten träumen."

Auf dem Hügel stehend, schaute er in die endlosen Weiten und träumte von guten und schlechten Zeiten.

Die schlechten Zeiten waren stets mit Kämpfen verbunden. Wenn Jahr für Jahr, während der Brunftzeit, Rivalen in sein Revier eindrangen, dann musste er seine Manneskraft unter Beweis stellen, um siegreich und unverletzt weiter regieren zu können. Schneereiche Winter und verregnete Sommertage gehörten ebenfalls zu den schlechten Zeiten. Wenn die Büchse des Jägers knallte und die Jagdhunde bellten, dann hieß es für Ambrosius Ruhe zu bewahren und sein Rudel noch tiefer in den Wald zu führen. Mit mächtigen Sprüngen bahnte er seinen Kühen und Kälbern den Weg durch das Dickicht.

Mit dem Betrachten seiner Kälber, die über die Lichtung sprangen und Fangen spielten, hatte er sich in guten Zeiten beschäftigt. Er hatte seine Schuldigkeit getan und sein Erbgut weitergegeben. An künftige Generationen. Das war einmal, denn die Jahre seiner Herrschaft lagen heute hinter ihm. Heute lag Ambrosius allein und ohne Kontakt zu seiner Familie, auf dem Hügel im Schatten des Baumes und ließ die letzten Jahre seines Lebens wie einen Film vor seinen müden alten Augen ablaufen. Verbittert war er nicht. Schließlich hatte er eine reiche Kinderschar hinterlassen, die ihm ihr Leben zu verdanken hatten.

Zehn Jahre lang Überlebenskämpfe durchfechten und Nachwuchs zeugen, hatten dennoch Spuren hinterlassen. Auf seinem Hügel genoss er zwar die nötige Ruhe, aber die Einsamkeit machte ihm trotzdem zu schaffen.

Die alte Hirschkuh hatte ihn einmal auf seinem Hügel besucht. „Wie fühlst du dich?", hatte sie ihn gefragt.

„Müde und nutzlos", hatte er schweratmend geschnauft.

„Das sind schließlich die Alterserscheinungen, mit denen jeder von uns im Alter zu kämpfen hat", antwortete sie und trottete schwerfällig davon.

Ambrosius hoffte, dass ihm ein langer Todeskampf erspart bleiben würde.

Die Müdigkeit hatte ihn übermannt. Die Schmerzen in den Gliedern und das Gewicht des Geweihs warfen ihn in den letzten Herbsttagen zu Boden.

Beginnt so der Todeskampf?, fragte er sich.

Der Herbst hatte sich verabschiedet und die erste Winternacht brachte die Kälte mit. Es war eine kalte klare Nacht. Der bleiche Mond schaute auf Ambrosius herab. Doch das spürte und das sah und er auch nicht mehr, denn er ruhte schon im Himmelreich.

Du bist ein Held, kleiner Karli

„Aufgepasst, Karli, der Unterricht beginnt. Den Stoff, den wir zu bewältigen haben, müssen wir sehr gut beherrschen."

„Wau Wau", bellte der braune Zwergdackel und blickte seine „Lehrerin" erwartungsvoll an.

„Schau genau hin", begann Lea Fischer mit der ersten Lektion. „So sieht ein Finger aus und so sieht das Stöckchen aus, das so lang ist, wie mein Finger. Das kleine Stöckchen nennen wir Finger. Merk dir das, Karli."

„Wuff wuff", schien Karli begriffen zu haben. Schließlich gefiel ihm das Stöckchen fangen sehr gut. Er drehte sich um und lief zur Haustür. Stöckchen fangen. Das hätte ihm Freude bereitet. Aber in der Hundeschule stillzusitzen, das behagte ihm ganz und gar nicht.

„Nein, nein, zuerst wird gelernt. Nach der zweiten Lektion werden wir einen ausgiebigen Spaziergang machen."

Karli wehrte sich knurrend gegen den Befehlston, der ihm allzu gut bekannt war. Er hatte so manches Mal seinem Frauchen Kummer bereitet. Immer, wenn er in einen Kaninchen- oder Fuchsbau hinein gekrochen war, hatte Lea Ängste um sein Leben ausgestanden. Obwohl Karli ein mutiger Dackel war und sich vor der finsteren Unterwelt keineswegs fürchtete, zankte sein junges Frauchen trotzdem mit ihm.

„Platz, Karli", befahl Lea mit energischer Stimme.

Und Karli gab sich geschlagen. Dass sein Frauchen mit ihm schimpfte, machte ihn ganz traurig. Folgsam sprang er auf ihren Schoß.

„Bist doch ein gescheiter Hund", bemerkte Lea Fischer. Sie ergriff ihre Einkaufstasche und stellte sie vor Karlis Nase. „Meine Tasche kennst du. Beginnen wir zuerst mit der Einkaufstasche. Karli, ab in die Tasche! Das ist die erste Lektion. Nun mach schon. Hinein mit dir."

Der kleine Dackel hatte diese Sätze noch nie gehört. Er kannte ihre Bedeutung nicht. Seine Augen gingen zwischen der Tasche und seinem Frauchen hin und her.

„Du willst nicht, dann werde ich mit einem Leckerli nachhelfen", sagte sie und warf ein kleines Stück Trockenfutter in die Einkaufstasche. „Das gehört dir, wenn du in die Tasche kriechst."

Karli sprang rasch in die Tasche hinein, schnappte sich den kleinen Happen und ebenso schnell war er wieder draußen.

„Willst du wohl drin bleiben", wurde Lea energisch.

Aber Karli senkte nur den Kopf. Er schien sich zu schämen. Was wollte bloß sein Frauchen von ihm? Was hatte er in der Tasche zu suchen? In der Tasche, in der sie ihre Lebensmittel und sein Hundefutter nach Hause trug?

Erneut warf sie einen kleinen Bissen in die Tasche und forderte Karli auf, rein zu springen. Und mit leichtem Druck auf dem Kopf, zwang sie ihm, ihren Willen auf.

„So ist es brav, Karli", lobte sie ihn immer wieder und verwöhnte ihn so lange mit einem Leckerbissen, bis er begriffen hatte, dass er in der Tasche liegenbleiben sollte. Endlich war die erste Lektion erfolgreich abgeschlossen und Karli glaubte, sich nun ausruhen zu können.

Jedoch Lea Fischer ließ nicht locker. „Es wird noch nicht geschlafen, mein Lieber. Die nächste Aufgabe muss ich dir auch noch beibringen. Da", sie hielt ihm einen kleinen Stock vor die Nase. „Den Stock, den wir Finger nennen, musst du mit den Zähnen festhalten. Hast du mich verstanden?"

Karli beschnüffelte den Stock und stellte fest, dass er überhaupt nicht so wie ein Knochen roch. Selbst zum Wegwerfen und zum Fangen war das Stöckchen viel zu klein. „Wuff", gab er einen Laut von sich, der seine ganze Verachtung zum Ausdruck brachte. Mit so einem winzigen Stock gebe ich mich nicht ab, schüttelte er den Kopf und stellte sich auf die Hinterbeine.

„Karli! Willst du wohl zubeißen!" drohte ihm sein Frauchen. „Du gehorchst mir nicht, dann muss ich mir halt etwas einfallen lassen", sagte sie und bestrich das Stöckchen mit seinem Lieblingsfutter.

Karli musste nicht lange schnüffeln. Er roch den Braten sofort und verbiss sich auch sogleich in das Stöckchen.

„Na, also, lieber Karli, es geht doch", freute sich Lea. Und als Karli ein paar Tage später sein Programm beherrschte, startete sie den ersten Versuch. Ob Karli auch ohne Leckerli in die Tasche hineinspringen, und in den Stock hineinbeißen würde, fragte sie sich. Es klappte wie am Schnürchen.

„Bravo", freute sie sich. „Lieber Karli, du bist ein schlaues Kerlchen. Du wirst eines Tages noch eine Berühmtheit."

„Wau Wau", bellte der Zwergdackel, und man sah es ihm an, dass er sich in Frauchens Tasche recht wohlfühlte.

„Die Dressur war doch nur halb so schlimm, nicht wahr, Karli", meinte Lea. „Jedoch die Aufgabe, die nun auf dich zukommst, musst du ganz allein bewältigen. Befehle und Kommandos kann ich dir bei der Arbeit, die wir morgen in Angriff nehmen, nicht mehr geben. Aufgepasst", hob sie ihre Stimme. „In die Tasche mit dir! Keinen Mucks! Ruhig liegenbleiben. Wunderbar, das hast du gut gemacht. Pass auf, der Finger kommt", schob sie das Stöckchen in die Tasche. „Zubeißen, festhalten, nicht loslassen. Fein, Karli, du hast die Prüfung bestanden. Nun darfst du den „Finger" wieder loslassen. Und zur Belohnung kannst du heute mit deinen Freunden eine Stunde lang auf der Hundewiese herumtollen."

Nachdem sich Karli im Kreise seiner Kumpels so richtig ausgetobt hatte, durfte er sich in Frauchens Einkaufstasche ausruhen.

„Dass du in der vergangenen Nacht in meiner Tasche geschlafen hast, war nur eine Ausnahme. Dein Körbchen ist und bleibt dein Schlafplatz, haben wir uns verstanden", entschied Lea am anderen Morgen.

Karli hatte jedes Wort verstanden und reagierte sofort. Er lief zu seinem Korb, der in der Diele stand. Mit einem zufriedenen Seufzer streckte er alle viere von sich und schaute sein Frauchen fragend an.

„Geschlafen wird nicht mehr, schließlich beginnen wir heute Morgen mit deiner Arbeit."

Karli sprang in die Tasche. Lea Fischer hing sich die Tasche über die Armbeuge und machte sich auf den Weg, Richtung Stadtmitte. Sie betrat ein Kaufhaus und schaute sich unauffällig um. Das Geschäft war gut besucht.

Dort, der junge Mann, mit der Kapuze, könnte mein Zielobjekt sein. Mit dem Betrachten der Ware beschäftigt, kam sie ihm immer näher. Aber der anvisierte Mann verließ das Geschäft.

Sie schlenderte weiter. Griff nach dieser und jener Ware und war so abgelenkt, dass sie überrascht wurde.

Aber Karli war wachsam. Er biss so kräftig zu, dass ein Schmerzensschrei die Kundschaft aufhorchen ließ.

„Aua, aua", schrie ein Mann und versuchte seine Hand aus der Tasche zu ziehen.

„Was ist hier los?" Neugierig eilten Kunden herbei.

„Ich bin von der Presse", sagte eine junge Frau. „Und die Polizei habe ich auch schon verständigt. Wie ich die Situation einschätze, steckt da eine fremde Hand in Ihrer Tasche. Wie in einer Mausefalle", fügte sie lachend hinzu.

Das Gelächter, das nun folgte, hatte das Verkaufspersonal sicherlich noch nie gehört.

Als sich die Polizisten bei Lea vorgestellt hatten, forderten sie den etwa dreißigjährigen Mann auf, die Hand aus der Tasche zu nehmen.

„Es geht nicht", jammerte der Langfinger, „die Falle lässt mich nicht los."

„Man sollte keine schlafenden Hunde wecken", sagte Lea Fischer, mit abgewandtem verschmitztem Lächeln.

Die Ordnungshüter staunten und wollten von Frau Fischer wissen, was das zu bedeuten hatte. „schlafende Hunde wecken?"

„Mein kleiner Karli, läuft sich so müde, dass er beim Einkaufsbummel, ständig in meiner Einkaufstasche einschläft. Und wenn er dann im Schlaf gestört wird, versteht er keinen Spaß. Dann wir er so wütend, dass er ganz fürchterlich zubeißt."

„Was machen wir denn jetzt?", überlegten die beiden Beamten.

„Sie übernehmen den vermeintlichen Taschendieb und ich gebe meinem Hund den Befehl, ihn wieder freizulassen", entgegnete Frau Fischer.

„Selbstverständlich nehmen wir den Mann vorläufig fest", bestätigten die Polizeibeamten.

Und als Frau Fischer sagte: „Aus, Karli, gib den Finger wieder frei", da kam Karlis Kopf zum Vorschein und die Leute ringsum riefen: „So ein kleines Hündchen! Der Zwergdackel ist ja ein großer Held!"

Der Mann wurde abgeführt und Lea Fischer wurde gebeten, sich morgen Vormittag im Polizeipräsidium zu melden, um ihre Aussage zu machen.

Schon früh am Morgen las Frau Fischer die Tageszeitung. „Schau mal Karli, ein Foto von uns beiden in der Zeitung. Über deine Heldentat wird in der Tagespresse ausführlich berichtet und dass du den Anführer einer Diebesbande dingfest gemacht hast. „Dem Karli ist ein dicker Fisch am Gebiss hängen geblieben", schreibt die nette Redakteurin, die wir im Kaufhaus kennengelernt hatten. Was sagst du dazu, lieber Karli?"

„Wau Wau", antwortete Karli, gähnte verschlafen und senkte treuherzig seinen Blick.

„Auf geht's Karli. Hol dein Halsband und deine Leine, wir wollen doch anständig angezogen dem Polizeidirektor gegenübertreten, nicht wahr ", lachte Lea.

Karli brachte seinem Frauchen Halsband und Leine, und vorschriftsmäßig angeleint, machten sich der Zwergdackel und seine Herrin auf den Weg.

Vor dem Eingang der Polizeidirektion standen viele Leute, die auf Karli warteten. „Lieber Karli", riefen sie, „du bist ein Held. Dir haben wir es zu verdanken, dass unser Eigentum wieder aufgetaucht ist, das uns die Diebesbande gestohlen hatte. Wir lieben dich! Zum Dank, haben wir dir einen Hundekuchen gebacken."

„Wau Wau", bellte Karli und nahm schon mal den Duft auf, den der Hundekuchen ausströmte. Der Duft war so verführerisch, dass Karli sich wehrte, seinem Frauchen zu folgen.

„Erst die Arbeit, dann das Vergnügen", entschied Lea und betrat mit dem sich sträubenden Hund das Amtsgebäude.

Dem Polizeidirektor gefiel der kleine Dackel so sehr, dass er ihn sofort in sein Herz schloss und ihm sachte über das Köpfchen streichelte.

„Hiermit ernenne ich dich zum Kommissar", sagte er und befestigte an seinem Halsband eine Polizeimarke. „Trag sie in Ehren", fügte der Direktor noch hinzu.

„Auf Wiedersehen", verabschiedete er sich von Lea Fischer, die ihre Aussage gemacht hatte.

„Und dich, lieber Kommissar, Karli, bitte ich, mach weiter so, halte stets Augen und Ohren offen und beschütze dein Frauchen."

Während die Leute auf der Straße seine glänzende Polizeimarke bestaunten, bedankte sich Kali mit einem zweifachen Gebell für das leckere Geschenk, das er nach all der Aufregung um seine Person mit Genuss verzehrte.

Du bist nicht allein

„Ein Anruf für Sie, Herr Direktor. Ich lege das Gespräch auf Apparat eins", sagte die Sekretärin.

Holten hob den Hörer ab, lauschte eine Weile, wurde kreidebleich, taumelte, suchte Halt an der Schreibtischkante und sank aufstöhnend in einen Sessel. Seine blauen Augen hatten allen Glanz verloren, sein Mund war halb geöffnet, ein Aufschrei blieb in seiner Kehle stecken.

„Sind Sie noch in der Leitung?", drang eine Frauenstimme wie aus einem leeren Raum an sein Ohr.

Stefan Holten nickte nur mit dem Kopf. Er war unfähig zu antworten. „Und das Kind?", krächzte er mit heiserer Stimme.

„Dem kleinen Mädchen ist nichts passiert, außer ein paar blaue Flecken ist es unversehrt. Jedoch für seine Eltern kam jede Hilfe zu spät. Sie starben auf dem Transport ins Krankenhaus. Das Kind befindet sich in der Obhut der Ärzte. Wenden Sie sich bitte an den leitenden Arzt der Klinik Münsterland West."

Seine Hände zitterten, als er die Sprechtaste bediente. „Frau Mark", sagte er, bevor sich die Sekretärin meldete. „Lassen Sie bitte den Wagen vorfahren. Ich muss unverzüglich verreisen. Mein Bruder und meine Schwägerin sind bei einem Verkehrsunfall tödlich verunglückt."

„Mein Gott", Frau Mark drohte der Hörer zu entgleiten. „Und, und die kleine Petra?", stammelte sie.

„Scheinbar ist sie mit dem Schrecken davongekommen", antwortete Holten.

„Das arme Kind, wie wird es die geliebten Eltern vermissen. Mein aufrichtiges Beileid, Herr Direktor", hauchte Frau Mark ins Telefon und tupfte sich über die feuchten Augen.

Auf der Fahrt von Osnabrück nach Münster war Stefan Holten in Gedanken bei Petra. Die wehmütigen Gedanken an seinen Bruder und seiner Schwägerin versuchte er krampfhaft zu verdrängen. Erst als er das Krankenzimmer betrat entkrampften sich seine erstarrten Gesichtszüge und ein Lächeln stahl sich auf seine Lippen.

„Onkel Stefan, Onkel Stefan", stürzte sich Petra in seine Arme. „Mami und Papi sind jetzt im Himmel. Sie kommen nie mehr wieder. Sie haben mich alleingelassen", schluchzte sie und dicke Tränen kullerten aus ihren braunen Augen. „Aber du nimmst mich doch mit, Onkel Stefan?"

„Gewiss doch, mein Schatz. Ich habe dich doch lieb. Du bleibst immer bei mir, bei Frau Wendrich und bei Jutta."

„Frau Wendrich ist nett, die kann so lecker kochen und Kuchen backen aber Tante Jutta mag ich nicht leiden", antwortete Petra.

Stefan sah Petra entgeistert an. Was sagte sie da? Sie mochte seine Freundin nicht? „Aber ich liebe Jutta. Wir werden bald heiraten."

„Tu das nicht, Onkel Stefan", entgegnete Petra, ergriff seine Hände und schaute ihn mit tränenfeuchten Augen an.

„Was hast du bloß für heiße Hände?", wunderte er sich. „Ich muss den Arzt rufen. Wahrscheinlich hast du Fieber."

„Du musst aber bei mir bleiben, du darfst nicht fortgehen", flehte Petra.

„Ich bleibe ja bei dir", versprach Stefan, bettete Petra auf das Krankenbett und drückte die Ruftaste.

Sofort eilte eine Krankenschwester herbei.

„Ich bitte Sie, bei meiner Nichte die Temperatur zu kontrollieren."

„Ich muss den Chefarzt rufen, die Kleine hat sehr hohes Fieber", sagte die Schwester, nachdem sie einen Blick auf das Thermometer geworfen hatte. Stefan erschrak zu Tode. Er glaubte das Herz würde seine Brust sprengen, so hart schlug es gegen die Rippen. Er wandte sich ab, um Petra seine Angst nicht zu zeigen.

„Hab ich Fieber, Onkel Stefan?", fragte sie, mit bereits müder Stimme.

Stefan zwang sich zu lächeln, als er Petras fieberheiße Wange streichelte.

„Das Kind muss leider hierbleiben", entschied der Arzt, der indessen Petra untersucht hatte. „Organisch liegt kein Befund vor. Ich vermute eher, dass das Fieber eine seelische Ursache hat", fügte der Arzt hinzu.

„Onkel Stefan", flüsterte Petra und streckte ihm ihre kleine Hand entgegen.

„Ich bin ja bei dir", gelang es ihm, Fassung zu bewahren, obwohl er alles andere als gefasst war, schließlich würde er in ein paar Tagen einen Teil seiner geliebten Familie zu Grabe tragen müssen.

Stefan blieb im Krankenhaus. Ihm wurde ein Zimmer zur Verfügung gestellt.

Eine ganze Woche lang kämpften die Ärzte mit dem Fieber, das den Körper der Fünfjährigen schüttelte. Danach lag sie apathisch, an Schläuche angeschlossen, blass und abgezehrt im Bett und rief ständig nach ihrer Mutter.

Stefan hielt ihre zarten Hände fest und schaute in ihre Augen, die ihn nicht zu erkennen schienen. „Petra", sprach er sie immer wieder an.

Als er im Begriffe stand einen Arzt zu rufen, klingelte sein Handy.

„Holten", meldete er sich.

„Hallo Stefan", vernahm er Juttas aufgeregte Stimme.

„Hallo, Liebling", freute er sich, ihre Stimme zu hören.

„Wann kommst du endlich nach Hause! Ich sehne mich nach dir!"

„Petra ist krank, ich kann sie auf keinen Fall alleine lassen."

„Oh, mein Gott. Das arme elternlose Würmchen. Was soll nur aus ihr werden. Die arme Waise wird man in ein Waisenhaus stecken. Wie schrecklich für das Kind."

„Petra in ein Waisenhaus", hob Stefan die Stimme. „Wie kannst du sowas nur denken? Petra gehört zu mir. Sie ist die Tochter meines Bruders, der mir sehr nahe stand, und arm ist sie keineswegs, sie erbt ein beträchtliches Vermögen. Das Kind meiner Schwägerin, die ich wie eine Schwester geliebt habe, soll ich in ein Heim stecken. Niemals! Nur über meine Leiche!"

„Entschuldige, Liebster, ich sprach nur das aus, was man sich in deinem Betrieb erzählt."

„In meinem Betrieb?", staunte Stefan. „Seit wann interessiert dich mein und meines Bruders Fabrik?"

„Nun, ja. Einer muss ja wohl nach dem Rechten schauen, wenn die beiden Firmeninhaber ausfallen."

„Aber Jutta, dafür haben wir doch unsere bewährten Mitarbeiter. Dass der Betrieb nicht weiterläuft ist nicht zu befürchten. Du kannst ganz unbesorgt sein. Mir wäre es lieber, wenn du zu mir kommst. Petra ruft nach ihrer Mutter. Vielleicht gelingt es dir, die Kleine abzulenken", schlug der 30jährige Unternehmer vor und strich sich müde über die Augen. Die

Sorge um seine Nichte hatte ihn in den vergangenen Nächten den Schlaf geraubt.

„Aber Stefan, du weißt doch, dass ich die Atmosphäre im Krankenhaus nicht ausstehen kann. Verlange von mir was du willst, nur keinen Krankenbesuch. Außerdem habe ich Karten fürs Theater."

Stefan runzelte die Stirn und fuhr sich durch die braunen Haare. Seine blauen Augen verloren allen Glanz. Beinahe wäre er aufgebraust. Petra stand dem Tode näher als dem Leben. Er sollte seine Nichte verstoßen und mit Jutta ins Theater gehen. Statt mit Jutta zu streiten, verabschiedete er sich von ihr. „Ich glaube, Petra ist jetzt ansprechbar. Tschüss, Jutta", drückte er die rote Taste.

„Onkel Stefan", hauchte die Kranke. „Wo bin ich? Bin ich bei Mami und Papi im Himmel?"

„Nein, nein, mein Schatz. Du bist sehr krank gewesen aber nun bist du wieder gesund. Du befindest dich noch im Krankenhaus."

„Muss ich für immer hier bleiben?"

„Nein, du kommst zu mir."

„Ich liebe dich, Onkel Stefan."

„Ich dich auch. Bleib ganz ruhig liegen. Ich rufe schnell den Doktor."

„Das Fieber ist wie weggeblasen. Morgen kann unsere kleine Patientin wieder aufstehen und unser

Haus in ein paar Tagen verlassen", entschied der Arzt.

Drei Tage später wurden die beiden von Frau Wendrich, Stefans Haushälterin, herzlich empfangen und bewirtet.

Der Gedanke an die Beisetzung seiner verstorbenen Verwandten rückte nun für Stefan Holten in den Vordergrund.

An diesem Tag stand der Betrieb still. Alle Mitarbeiter der Firma Holten befanden sich auf dem Friedhof.

Nicht eine Sekunde ließ die kleine Petra die Hand ihres Onkels los. Auf der anderen Seite hatte sich Jutta bei Stefan eingehakt. Mit großer Beherrschung nahm er die Beileidsbekundungen entgegen. Diesem schlanken, erfolgreichen Unternehmer war es nicht anzusehen, dass sein Herz blutete und dass er die Tränen in sich hinein weinte.

Beim anschließenden Beerdigungskaffee blieb die Kleine nicht lange ruhig sitzen.

„Bleib auf deinem Platz!" befahl Jutta in barschem Ton.

Petra war so erschrocken, dass sie tatsächlich eine Weile regungslos am Tisch ausharrte. Doch allmählich wurde es ihr langweilig. Sie sprang vom Stuhl und machte es sich auf Stefans Schoß bequem. Stefan, der sich gerade mit dem Bürgermeister unterhielt, presste seine Nichte liebevoll an sein Herz, und Petra gab ihm einen feuchten Kuss auf die Wange.

Jutta drehte den Kopf zur Seite und sah Petra mit ihren grünen Katzenaugen strafend an. Der 25jährigen Frau platzte fast der Kragen. „Setz dich sofort auf deinen Stuhl!" durchbohrte sie die Kleine mit drohenden Blicken.

Petra erschrak. Sie rollte sich auf Stefans Schoß zusammen und schaute Jutta mit großen Augen fragend an. „Warum darf ich nicht bei Onkel Stefan bleiben."

„Weil das ungehörig ist."

„Ich will aber nicht wo anders sitzen", trotzte Petra.

„Du widersetzt dich meinen Anordnungen!" wurde Jutta ungehalten.

In dem Saal, in dem ein paar Hundert Leute saßen, wurde es augenblicklich still. Aller Augen waren auf Stefan Holten gerichtet. Sie erwarteten seine Zurechtweisung. Keiner mochte die blondgebleichte Jutta Bilsen leiden, die sich in den letzten Tagen wie eine Herrin in Stefans Betrieb breit gemacht hatte. Überall hatte sie sich eingemischt, obwohl ihr die Betriebsvorgänge völlig unbekannt waren.

„Meine Kleine ist müde", sagte Stefan nur, nickte nach links und rechts mit dem Kopf und verließ mit Petra auf dem Arm den Saal.

„Entschuldige bitte, Stefan, das habe ich nicht so gemeint", beteuerte Jutta, als sie in der Villa Holten angekommen waren. „Aber man kann den Kindern ihre Grenzen nicht früh genug aufzeigen."

„Überlass die Erziehung meiner Nichte bitte nur mir, Jutta. Aber du könntest Petra trotzdem eine Freundin werden", schlug er vor.

Petra sah Jutta lange an und in ihrem kleinen braungelockten Kopf arbeitete es. „Magst du keine Kinder leiden? Aber ein Baby möchtest du doch haben?", sprudelte sie ernsthaft hervor.

„Nein, Kinderkriegen ist lästig. Kindergeschrei geht mir auf die Nerven. Ich wäre zwar gerne die Freundin von Petra, aber leider bin ich Zurzeit sehr eingespannt, lieber Stefan", versuchte sie das Gespräch umzukehren.

„Dann müssen wir halt ein Kindermädchen einstellen. Zudem werde ich einen Teil meiner Arbeit zu Hause erledigen", hatte Stefan das Thema beendet. Selbst Frau Wendrich ließ Petra nicht aus den Augen, so auch an dem Tage, an dem Stefan allein unterwegs war und Heike Mell kennenlernte.

„Hilfe!" rief Heike Mell. „So helfen Sie mir doch!"

„Das ist nicht mein Bier", wandte sich ein Mann ab.

Aber Stefan Holten, der soeben auf sein parkendes Auto zuging, näherte sich der jungen Frau. „Was geht hier vor?", schaute er sie an.

„Diese beiden jungen Männer hindern mich daran, meinen Weg fortzusetzen. Sie bedrohen meinen Schützling, diesen behinderten Jungen."

„Lasst die Frau und den Jungen in Ruhe!" trat Stefan forsch auf.

„Was willst du, Opa?", wurde einer der Burschen frech und ballte die Fäuste.

„Verschwindet oder es geht euch an den Kragen!" ließ sich Stefan nicht einschüchtern.

„Was du nicht sagst", höhnte der andere junge Mann und zückte ein Messer.

„Steck das Messer weg, es könnte sich umkehren und dich verletzen", bohrte sich Stefans harter Blick in die flackernden Augen seines Gegenübers.

Mit so einem mutigen Gegner hatten die Angreifer nicht gerechnet. Sie ließen das Messer verschwinden und machten sich aus dem Staub.

Stefan schritt auf sein Auto zu. Das hätte ins Auge gehen könne, dachte er und spürte, dass ihm der kalte Schweiß auf der Stirn stand. Aufatmend nahm er im Auto Platz und zuckte zusammen, als Heike Mell an die Seitenscheibe klopfte.

Die automatisch betriebene Scheibe senkte sich herab. „Kann ich noch etwas für Sie tun?", fragte er.

„Ich möchte mich bei Ihnen bedanken, Sie haben mich und meinem Schützling sicherlich vor Schlimmerem bewahrt."

„Wie geht es dem Jungen?

„Er ist geschwächt und sehr deprimiert. Wir ruhen uns ein wenig aus, bevor wir uns auf den Heimweg machen."

„Wohnen Sie hier in der Nähe?"

„Im Musikerviertel", antwortete Heike.

„Kommen Sie, steigen Sie ein, ich fahre Sie und den Jungen nach Hause, dann sind Sie vorerst vor weiteren Belästigungen sicher."

„Ich weiß gar nicht, wie ich Ihnen danken soll", schaute ihn Heike an, und er blickte in ihre rehbraunen Augen. Während sie mit dem Jungen im Auto Platz nahm, hatte er Zeit sie näher zu betrachten und festzustellen, dass sie sehr hübsch war. Die vollen Lippen lächelten reizvoll auf den Jungen herab, dem sie beim Einsteigen behilflich war. Die blonde Haarfülle schimmerte wie reifer Weizen. Zwei Grübchen in den Wangen verjüngten das Gesicht der 25jährigen. Sie war schlank und hatte einen wohl geformten Busen. Die Jeans saß wie angegossen an ihrem Körper. Eine Frau zum Lieben und Beschützen, dachte er.

Nach zehn Minuten Autofahrt hatten sie ihr Ziel erreicht und Stefan bat Heike noch sitzen zu bleiben. Während er ihr seinen Namen nannte und sie sich ebenfalls vorstellte, erzählte sie ihm, dass sie Sozialpädagogin von Beruf sei aber im Augenblick keine Anstellung hätte. „Im Moment betreue ich den behinderten Jungen, jedoch nur ehrenamtlich", schloss sie und hielt, wie zur Beruhigung, die Hand des Jungen fest.

„Möchten Sie in einen Privathaushalt arbeiten und sich um ein fünfjähriges Mädchen kümmern", kam

Stefan die Idee, Heike als Kindermädchen einzustellen.

„Ja, sicher. Zwei oder drei Kinder könnte ich schon betreuen."

„Für mein elternloses Patenkind suche ich eine geeignete Betreuerin, die ihr nicht nur eine Erzieherin ist, sondern ihr auch eine Freundin sein sollte. Trauen Sie sich zu, diese Rolle zu übernehmen?"

„Ich denke schon, nur…"

„Wann können Sie sich bei Petra, meiner Nichte vorstellen?", unterbrach er sie.

„Wäre es Ihnen recht, wenn ich morgen Nachmittag komme?", fragte Heike.

Heikes Herz klopfte schneller, als sie am Gartentor stand und die pompöse Villa betrachtete, aus der soeben eine ältere Frau trat.

„Guten Tag. Sie sind sicherlich Frau Mell, nicht wahr", wurde Heike von Frau Wendrich freundlich empfangen und ins Haus gebeten.

„Da sind Sie ja endlich", wurde sie von einer schlanken Frau angesprochen, die sich auf einer breiten Couch räkelte und Heike gar nicht zu Worte kommen ließ. „Ich weiß, ich weiß, Sie wollen Petra betreuen. Wie reizend von Ihnen. Das ist aber völlig überflüssig. Ich habe bereits die Aufgabe übernommen", musterte sie Heike von Kopf bis zu den Füssen und stellte fest, dass die junge Frau viel zu hübsch war für einen Junggesellenhaushalt. Dieses Mädchen darf hier nicht bleiben, schoss es Jutta durch den Kopf. Das muss ich verhindern.

„Wenn Sie meinen", zeigte Heike nicht ihre Enttäuschung. „Dann entschuldigen Sie bitte die Störung", wandte sie sich ab und ging auf die Wohnzimmertür zu.

In dem Moment wurde die Tür von außen aufgerissen und Petra stürzte herein. „Wo ist Frau Mell?!", rief sie.

„Sie möchte wieder gehen", meldete sich Jutta.

„Aber warum...", verzog Petra das Gesicht.

„Da ist ja Frau Mell", trat Stefan auf Heike zu, reichte ihr die Hand und hieß sie herzlich Willkommen. „Ich musste einen wichtigen Termin wahrnehmen. Petra wollte unbedingt mitfahren. Wenn Sie bitte die Verspätung entschuldigen würden. Petra begrüße bitte Frau Mell, bevor wir Platz nehmen und uns den leckeren Kuchen von Frau Wendrich schmecken lassen."

„Scheinbar werde ich hier nicht mehr gebraucht", ließ sich Jutta vernehmen. Sie erhob sich graziös, dehnte ihren Körper, wie eine Katze, streckte die Brust vor und tänzelte auf Stefan zu. „Tschüss, Liebling", hauchte sie und küsste ihn auf den Mund.

„Du gehst schon, Jutta?"

„Schon, fragst du, Liebster. Ich habe einiges zu erledigen. Und du hast sicherlich mit Frau...", suchte sie nach Heikes Namen. „Mit der Betreuerin von Petra eine Menge zu besprechen."

Stefan sah Heike an. Sie senkte den Blick und eine Glutwelle schoss in ihr Gesicht.

„Entschuldigen Sie mich bitte", erhob er sich und verließ den Raum, um Jutta zu bitten, zu bleiben, die sich aber nicht aufhalten ließ.

„Frau Mell", piepste eine Stimme neben ihr und eine kleine Hand schob sich in Heikes kalte Hand. „Komm mit, ich zeige dir mein Zimmer", forderte Petra die junge Frau auf, ihr zu folgen.

Heike mochte Petra vom ersten Augenblick an, nahm sie spontan in die Arme und drückte sie an ihre Brust. „Sag Heike zu mir. Willst du?"

„Wie ich feststellen muss, seid ihr bereits Freundinnen" hatte Stefan Petras Zimmer betreten,

„Heike soll bei uns bleiben, Onkel Stefan."

„Das kann nur Frau Mell entscheiden, mein Schatz. Mir ist sie herzlich willkommen", lächelte er zu Heike hinüber, die sofort rote Wangen und Herzklopfen bekam. Sie hatte sich in Stefan verliebt. Lieber Gott, lass es nicht zu, flehte ihre innere Stimme. Er ist mein Arbeitgeber und gebunden.

Vier Wochen waren inzwischen vergangen. Heike schlief neben Petras Zimmer und sie fühlte sich wohl, liebte ihre kleine Freundin, mit der sie sich jeden Tag beschäftigte, mit ihr durch Haus und Garten tobte und Verstecken spielte. Wäre da nicht Jutta gewesen, von der sie sich beobachtet fühlte, hätte sie sich glücklich schätzen können.

„Stefan, Liebling", flötete Jutta, legte ihre gepflegte Hand auf seinen Arm und zog einen Kussmund. „Ich möchte mit dir und Petra an den Blauen See fahren."

„Heike fährt aber auch mit", stellte sich Petra neben Heike und ergriff deren Hand.

„Heike gehört doch zu unserer Familie. Sie kommt selbstverständlich mit", betonte Stefan und warf Heike einen langen Blick zu.

Der Jutta nicht entgangen war. „Seit wann gehört das Dienstpersonal zur Familie des Arbeitgebers?!", zischte sie. „Ich will mit dir und Petra allein sein, damit sich das Kind endlich an mich gewöhnt. Schließlich werde ich ihr die Mutter ersetzen."

„Ich mag aber nur meine Mutti, die jetzt im Himmel ist", flüchtete sich Petra in Stefans Arme.

„So ist das also. Das ist der Einfluss dieser Person. Sie hetzt das Kind gegen mich auf. Sie treibt einen Keil zwischen uns. Sie schmeichelt sich bei dir ein und du fällst auf diese berechnende Person herein!"

„Jutta, bitte…"

„Jetzt rede ich", ließ sie ihn nicht zu Worte kommen. „Ich bin ja hier nur noch geduldet. Du hast ja nur noch Augen für das Kindermädchen, und alles andere dreht sich ebenfalls nur noch um die kleine vergötterte und verwöhnte Göre…"

„Jutta", setzte Stefan erneut an, sie zu stoppen.

„Dir gefällt es, dass dieses Flittchen in deinem Hause schläft. Du verschlingst sie direkt mit deinen ach so treuen blauen Augen", höhnte sie. „Und wer weiß, was sich inzwischen in ihrem Schlafzimmer abspielt."

„Jutta!" schrie Stefan, blutrot im Gesicht vor Scham.

„Du brauchst nichts mehr zu sagen. Unsere Verlobung habe ich hiermit gelöst", streifte sie den Ring von ihrem Finger und warf ihn auf den Tisch. „Bodo von Schacht hat mir einen Heiratsantrag gemacht", versetzte sie ihm noch einen Seitenhieb und rauschte davon.

Stefan versank in einen Sessel und starrte minutenlang ins Leere, bis Petra auf seinen Schoß kletterte und sich bemerkbar machte.

„Heike ist fort", stammelte sie.

„Dann sollten wir nach oben gehen und uns bei ihr für das scheußliche Benehmen von Jutta entschuldigen."

Heike hatte ihre Sachen in Windeseile gepackt und sich aus dem Haus geschlichen.

„Sie hat uns für immer verlassen", schluchzte das Kind, warf sich auf das Bett der geliebten Freundin und gab sich dem Schmerz hin.

Petra fieberte und der herbeigerufene Arzt war der Meinung, dass Petra an Nervenfieber erkrankt sei.

„Ein seelischer Schock könnte der Auslöser sein", war er sich sicher.

Stefan und Frau Wendrich saßen abwechselnd an Petras Bett, wischten ihr den Schweiß von der Stirn und verabreichten ihr kühlende Wadenwickel.

„Heike", murmelte Petra. „Heike!" rief sie, bäumte sich auf, und mit dem Namen der jungen Frau auf den Lippen, fiel sie erneut in einen fieberhaften unruhigen Schlaf.

„Mir zerreißt es das Herz", sagte Frau Wendrich und Stefan stand entschlossen auf und griff zum Telefon.

„Mell", traf eine sanfte Stimme sein Ohr.

„Petra ist krank", war er kaum imstande diese drei Worte auszusprechen.

„Mein Gott", hauchte Heike kaum hörbar.

„Kommen Sie?", lag all sein Flehen in seiner Stimme.

„Sofort, Herr Holten, sofort!" beendete Heike das Gespräch und ihrer Mutter rief sie zu: „Petra ist schwer krank. Pack bitte meinen Koffer und sende ihn mir nach!"

Stefan empfing Heike an der Haustür. „Petra ruft ständig Ihren Namen. In ihren Fieberträumen hat sie ihre Mami vergessen, stattdessen sehnt sie sich nach Ihnen. Würden Sie bitte die Pflege meiner geliebten Nichte übernehmen?" Fragend traf ihr sein müder Blick, der der jungen Frau schmerzhaft ins Herz schnitt.

„Ich werde mich an Petras Bett setzen und ihre Hände halten", versprach Heike. Während sich ihre Blicke trafen, erkannten beide, dass ihre Sorge dem kranken Kind galt.

„Ich danke Ihnen, Heike", lächelte Stefan etwas gezwungen, bevor er sich abwandte, und müde wie ein alter Mann den Raum verließ.

„Petra, ich bin bei dir", sagte Heike mit Tränen in der Stimme, während sie auf das kleine blasse Gesichtchen herabschaute.

„Heike", murmelte Petra.

„Ja, mein Schatz, ich bin da. Nun musst du aber schnell wieder gesund werden."

Mit nur wenigen Unterbrechungen, saß Heike Tag und Nacht, an Petras Bett und erzählte ihr von den schönen Tagen, die sie gemeinsam erlebt hatten und brachte sich damit ständig in Erinnerung. Vier Tage später vernahm sie dann tatsächlich Petras Stimme.

„Heike, bist du da?"

„Herr Gott im Himmel, ich danke dir", flüsterte Heike.

„Ich bin so durstig."

„Ich bestelle einen Tee bei Frau Wendrich. Und du bleibst schön liegen."

„Onkel Stefan soll kommen."

„Er wird sich freuen, dass du wieder gesund bist."

„Und du, Heike?"

„Ich bin glücklich, dich gesund zu sehen", antwortete die junge Frau und eilte aus dem Zimmer.

„Danke, dass Sie sich für Petra aufgeopfert haben", stammelte der schlanke Geschäftsmann. Den Tränen nahe. Aber bevor er Petras Zimmer betrat, umarmte er Heike und drückte sie dankbar an sich.

Petra streckte ihrem geliebten Onkel die Hände entgegen. „Onkel Stefan!"

„Petra", schloss er die Kleine in seine Arme.

Frau Wendrich erschien mit dem Tee, den Heike entgegennahm und ihn Petra in kleinen Schlucken verabreichte.

Drei Tage später saßen Heike, Stefan und Petra im Wohnzimmer, in dem Frau Wendrich den Kaffeetisch gedeckt hatte.

Petra plapperte ausgelassen drauflos. „Ich glaube ich bin furchtbar krank gewesen", wurde sie plötzlich sehr ernst.

„Aber jetzt bist du wieder gesund", griff Heike nach den Händen der Fünfjährigen.

„Wenn du wieder wegläufst, werde ich ganz toll krank und muss sterben, wie Mami und Papi", suchten ihre Blicke in Heikes Augen eine Antwort.

„Nein, nein", erschrak Heike. „Ich bleibe ja bei dir."

„Und bei Onkel Stefan, den ich sehr liebhabe. Du doch auch, Heike?"

Heike wusste nicht vor Verlegenheit wo sie hinschauen sollte. Sie konnte nur zustimmend nicken und den Kopf senken.

„Ist das wahr, Heike, du hast mich lieb", ergriff er ihr Kinn und zwang sie, ihn in die Augen zu schauen.

„Ja", flüsterte sie.

„Ich liebe dich auch, Heike. Möchtest du meine Frau werden?"

„Und meine Tante?", jubelte Petra.

„Von Herzen gern!" stimmte Heike zu.

Und drei glückliche Menschen, deren Herzen im gleichen Takt schlugen, lagen sich eng umschlungen in den Armen.

Eine Giftschlange

„Ich habe von der Polizeidirektion einen Brief bekommen", empfing Oberkommissar Karsten Brandt seine Lebensgefährtin.

„Eine gute oder schlechte Nachricht?", trat sie nah an ihn heran.

„Bitte, lies ihn selber", legte er das Schreiben in ihre Hände.

„Du hast zwei Wochen Sonderurlaub bekommen. Nun fliegen wir doch noch nach Florida", jubelte Rechtsanwältin Anni Förster, ließ den Brief fallen, stürzte sich in die Arme von Oberkommissar Karsten Brandt und küsste ihn zärtlich auf den Mund.

„Ich muss mich von meiner Krankheit noch erholen, nicht wahr, Anni?", tasteten seine dunkelblauen Augen liebevoll ihr hübsches Gesicht ab.

Lächelnd nickte sie mit dem Kopf, wobei ihre dunkelbraunen Haare sein Gesicht zärtlich streichelten.

„Du bist wunderbar, dein Haar duftet, in deinen braunen Augen spiegelt sich mein Bild und ich kann nur gesund werden, wenn ich dich anschaue", gestand er ihr.

„Wehe, du schaust dich nach anderen Frauen um", drohte sie ihm mit dem Zeigefinger.

„Was geschieht, wenn mir andere Frauen auch gefallen?", konnte es sich Karsten nicht verkneifen, sie zu provozieren.

„Dann werde ich nicht nur dir, sondern auch anderen Männern schöne Augen machen", blitzte sie ihn unternehmungslustig an. „Ich habe nämlich gehört, dass am Strand von Miami so manche Frau schwach wird, beim Anblick der Muskel bepackten Herren der Schöpfung, die dort ihren Körper zur Schau tragen. Wenn ich nicht gebunden wäre, könnte ich mir vorstellen, mich in ein erotisches Abenteuer zu stürzen. Haha", lachte sie und sah ihn herausfordernd an.

„Untersteh dich", drohte er ihr mit dem Zeigefinger. „Wir benehmen uns wie ein frischverliebtes Ehepaar, mit Eifersucht, Zärtlichkeit und Sehnsucht nach einander. Nach Dienstschluss eile ich nach Hause und kann es kaum erwarten dich in meine Arme zu schließen", wurde seine Stimme ganz weich, und sanft strich er ihr über das Haar.

„Mir geht es ebenso?", musste ihm die Dreißigjährige gestehen. „Hast du schon vergessen, dass du vor acht Wochen in meine Wohnung eingezogen bist. Nach deinem Verkehrsunfall wohnst du bei mir. Bislang hatten wir keinen persönlichen Kontakt zueinander. Außer bei Gerichtsverhandlungen. Erst dein Unfall auf der Autobahn hat uns zusammen geführt…"

„Du warst die erste, die mir sofort zu Hilfe kam. Danach hast du mir deine Freizeit geopfert, hast mich zwei Wochen lang durch das Krankenhaus und den

Park geführt und mir die Speisen gereicht, weil ich die linke Hand und den rechten Arm gebrochen hatte. Dafür liebe ich dich..."

„Nur dafür?", tat Anni beleidigt. „Bin ich denn deine Fürsorgerin!"

„Du bist die Frau, der mein ganzes Herz gehört", betonte Karsten und umschloss ihr Gesicht mit beiden Händen.

„Das höre ich gerne. Genug geturtelt", wurde sie ernst. „Wir müssen die Koffer packen."

„Ich werde dir dabei behilflich sein, schließlich bin ich lange genug Junggeselle gewesen und ein perfekter Kofferpacker."

Der Flug nach Florida verlief ohne Zwischenfälle.

Vor dem Gepäcktransportband flüsterte Anni: „Schau dich nicht um, Bernd Jansen befindet sich in Miami. Er verlässt soeben das Flughafengebäude."

„Was geht mich Jansen an", winkte Karsten ab und griff nach den beiden Gepäckstücken.

Schließlich bestiegen sie ein Taxi und fuhren ins Hotel.

An ihrem zweiten Urlaubstag verließen Anni und Karsten, am Nachmittag, den Strand, betraten ihr Hotelzimmer, ließen sich aufs Bett fallen und schliefen ermüdet ein. Karsten Brandt lag mit nacktem Oberkörper auf dem Bett.

Eine Schlange schlängelte sich über die Matratze an den Schläfer heran.

Sie kroch über seine nackte Brust, so dass Karsten ein Kribbeln verspürte. Er griff danach. Es durchfuhr ihm ein stechender Schmerz. Er erwachte und erschrak. „Eine Schlange!" stieß er hervor

„Wo?!", fuhr Anni aus dem Schlaf.

„Auf meiner Brust!"

Anni sprang aus dem Bett, griff blitzschnell zu und hielt die Schlange am Genick fest. „Bleib im Bett!" rief sie. „Ich laufe schnell zur Hoteldirektion!"

„Mach rasch", stöhnte Karsten. Auf seinem blassen Gesicht hatten sich Schweißtropfen gebildet. Er war unfähig sich zu bewegen. Er fühlte wie sein Körper erstarrte.

„Ich fliege!" Anni sprang von der zweiten Etage die Treppenstufen hinab. „Mein Lebensgefährte ist von dieser Schlange gebissen worden! Bitte helfen Sie ihm", rief Sie mit bebenden Lippen und bemühte sich die aufkeimenden Tränen zu unterdrücken.

Der Empfangschef erkannte sofort, dass es sich um eine einheimische Schlange handelte, die mit Giftzähnen ausgestattet war. Er rief den Hotelarzt herbei, der Karsten umgehend ein Gegengift verabreichte.

Ein paar Tage müsste Karsten im Bett liegen bleiben, dann hätte das Gegengift seine Wirkung entwickelt, hatte der Arzt gesagt, und die leicht blutende Bisswunde mit einem Wundpflaster abgedeckt.

„Wir werden so schnell wie möglich abreisen!" entschied Anni, die neben Karsten Platz genommen hatte und seine eiskalten Hände festhielt.

„Das ist Ihr gutes Recht", antwortete der Hoteldirektor. „Ich kann schwören, in meinem Hotel hat es bislang noch keine Giftschlangen gegeben. Es tut mir sehr leid. Ich bedaure den Vorfall außerordentlich. Ich lade Sie ein sich auf meine Kosten, in meinem Hause von dem Schlangenbiss auskurieren zu lassen, unter der Aufsicht von Doktor Smeets, unserem Hausarzt, der sich bestens mit Schlangenbissen auskennt."

„Gestatten Sie, dass das Herr Brandt entscheiden muss", äußerte sich Anni.

„Selbstverständlich. Ich bitte Sie dennoch, sich für mein Angebot zu entscheiden", bat der Direktor inständig mit freundlichen Worten.

Neununddreißig Grad Fieber hatten Karsten tatsächlich zu fünf Tagen Bettruhe verurteilt. Von Anni und dem Hotelpersonal wurde er umsorgt und gepflegt.

Doktor Smeets hatte täglich nach seinem Patienten geschaut und Anni empfohlen, Karsten kühlende Wadenwickel zu verabreichen.

„Ich bin schon wieder hilflos deiner Pflege ausgeliefert, Liebling", legte Karsten sein fieberheißes Gesicht in Annis Händen.

„Würdest du dasselbe nicht auch für mich tun", hatte Anni mit ernsten Worten gefragt.

„Ich würde dich auf Händen tragen", hatte Oberkommissar Karsten Brandt geantwortet. „Aber heute geht es mir schon wesentlich besser, Bald fühle ich mich stark genug, Bäume auszureißen!" Er streckte die Arme nach Anni aus. „Ich bin bereit, das Angebot des Hoteldirektors anzunehmen und hierzubleiben. Ich werde es mir gutgehenlassen und mich am Strand neben dir ausstrecken und jeden Sonnenstrahl genießen. Zwei Wochen Strandurlaub, sind wunderbar, wäre da nicht der schreckliche Gedanke, dass mich beinahe eine Giftschlange umgebracht hätte. Ich frage mich nur. Wie konnte die Schlange in unser Zimmer gelangen."

„Durch die Tür oder durch das Fenster", entgegnete Anni Förster. „So eine kleine Schlange kann sich fast unsichtbar machen. Sie schlüpft durch den kleinsten Ritz."

„Ich hatte noch Glück im Unglück. Dass der Hotelarzt ein Gegengift zur Hand hatte, war meine Lebensversicherung. Mit fünfunddreißig Jahren hatte ich noch nicht die Absicht abzutreten."

„Und ich wäre untröstlich gewesen. Unsere Liebe hatte doch erst begonnen", traten Anni Tränen in die Augen.

„Es ist ja noch mal gut gegangen, mein Schatz, weine nicht. Ich bin ja bei dir", nahm er sie tröstend in die Arme.

Einen Tag später hatte Karsten das Bett verlassen. Engumschlungen standen sie im Hotelzimmer nebeneinander und schauten sich in die Augen. Sie fuhren auseinander, als an der Tür geklopft wurde.

„Herein", rief Karsten.

Ein blonder Hüne mit stahlblauen Augen, betrat den Raum. Offene Gesichtszüge machten ihn sofort sympathisch. „Leutnant Baker vom FBI", stellte er sich in deutscher Sprache vor. „Frau Anwältin", nickte er Anni Förster zu.

„Treten Sie näher, Leutnant Baker. Was führt Sie zu uns? Haben wir uns in irgendeiner Weise strafbar gemacht?", horchte Karsten auf und reichte Leutnant Baker die Hand.

„Die Hoteldirektion hat sich gezwungen gesehen, uns einen mysteriösen Vorfall mit einer Schlange zu melden. Wer trachtet nach Ihrem Leben, Herr Oberkommissar?", fiel Leutnant Baker, ein etwa vierzig jähriger Mann, dessen Wurzeln in Deutschland zu finden waren, mit der Tür ins Haus.

„Sie gehn aber ran", lachte die Anwältin und ihre braunen Augen hielten den Blick des Leutnants fest.

„Kollegen untereinander sollten nicht um den heißen Brei herum reden", entgegnete der Leutnant. „Denken Sie nach, Mister Brandt, fällt Ihnen jemand ein, der Ihnen feindlich gesinnt ist?"

„So manch ein Krimineller hat mir schon den Tod gewünscht. Die meisten von ihnen sind Kleinkriminelle, die gewiss nicht die finanziellen Mittel besitzen, mir in den USA zu folgen."

„Außer Bernd Jansen", warf Anni dazwischen.

„Wer ist Bernd Jansen?"

„Jansen haben wir bei unserer Ankunft auf dem Flughafen gesehen", antwortete Karsten und teilte dem Leutnant mit, dass Jansen geschworen hatte sich an ihm zu rächen.

„Ein 30jähriger Playboy, der von dem Geld seines reichen Vaters lebt und einen Porsche fährt. Der mit über zwei Promille Alkohol im Blut und überhöhter Geschwindigkeit durch die dreißiger Zone raste. Er wurde von mir gestoppt, einem Alkoholtest unterzogen und dem Gericht übergeben."

„Und als der Richter seine Fahrerlaubnis für ein Jahr sicherstellte, rief er Oberkommissar Brandt wutentbrannt entgegen: „Nehmen Sie sich in Acht, Herr Oberkommissar!" fügte Anni noch hinzu.

„Und dieser Bernd Jansen hält sich in Miami auf? Wissen Sie das genau?"

„Ob er noch in Florida ist, wissen wir nicht. Aber, dass ich ihn in der Flughafenhalle gesehen habe, steht außer Zweifel, Herr Leutnant", bekräftigte Anni ihre Aussage.

„Dann sollten wir uns mal mit diesem Herrn beschäftigen. Können Sie mir ein Foto besorgen?"

„Per E Mail werde ich die Akte in Deutschland anfordern. Darin befindet sich auch eine Aufnahme von Jansen", antwortete die Anwältin.

Mit dem Foto in der Hand, begann Leutnant Baker die Suche nach Jansen. Auf dem Flughafen erfuhr er, dass ein gewisser Bernd Jansen ein Flugzeug bestiegen hätte und nach Deutschland abgeflogen sei. Vor einer Woche etwa war er ebenfalls von derselben Frau am Flughafenschalter gesehen worden, als er sich, mit einem Päckchen in der Hand, von einem Mann verabschiedet hatte, der gekleidet war, wie ein Trapper oder Fallensteller.

„Hierbei kann es sich nur um Sumpfcharlie handeln, der sich in den Sümpfen auskennt, wie kein zweiter", klärte er Karsten und Anni auf. „Ich werde Charlie in die Mangel nehmen. Sollte er Jansen die Schlange verkauft haben, wird er singen müssen."

„Dürfen wir Sie begleiten, Leutnant Baker?"

„Selbstverständlich, Frau Rechtsanwältin. Ich bitte Sie nur, nicht in mein Verhör einzugreifen."

„Dazu sind wir nicht befugt", mischte sich Oberkommissar Brandt ein. „Aber, dennoch frage ich mich, wie kommt dieser Sumpfcharlie zu der Schlange?"

„Das kann ich Ihnen verraten. Charlie, der etwa zehn Meilen von Miami entfernt wohnt, handelt mit Kleintieren, Bibern, Waschbären, Sittichen, Papageien, Krokodilen, Schlangen und anderem Kleingetier. Die meisten Tiere, hat er mit der Genehmigung des Gouverneurs, selber eingefangen. Alles legal. Sofern sich der Käufer ausweisen und einen festen Wohnsitz in den USA nachweisen kann, darf ihm Charlie auch Giftschlangen verkaufen."

„Aber Jansen ist Deutscher. Oder hat er einen zweiten Wohnsitz in den USA?", wurde Anni Förster hellhörig.

„Unsere Ermittlungen haben ergeben, dass er keinen Wohnsitz in Nordamerika hat. Wir können uns auf den Weg zu Charlie machen."

„Hei, Charlie", lachend ging Leutnant Baker auf einen breitschultrigen Mann zu, der mit lächelndem Gesicht heranstürmte und den Leutnant brüderlich umarmte. „Du hast Besuch mitgebracht?", warf Charlie fragende Blicke auf Karsten und Anni.

„Oberkommissar Karsten Brandt und Anwältin Anni Förster aus Deutschland", stellte Baker seine beiden Begleiter vor.

„Aus Deutschland? Was habe ich verbrochen? Du hast Verstärkung mitgebracht!? Willst du mich verhaften? Ich bin mir keiner Schuld bewusst."

„Das zu beurteilen musst du mir schon überlassen", wurde Leutnant Bakers Stimme hart wie Stahl. „Kennst du diesen Mann", reichte er Charlie das Foto von Jansen.

„Professor Tom Horn, wohnhaft in New York."

"Kannst du das beweisen?"

"Willst du das Dokument sehen und den Vertrag, den mir der Professor unterschrieben hat?"

„Ich bitte darum, Charlie."

„Bitte, lies, Tom Horn, New York, Professor für tierische Experimente. Er hat mir erklärt, dass er mit Schlangengift experimentiert, zum Wohle der Menschheit."

„Welch eine Frechheit", entfuhr es der Juristin.

„Was sagen Sie da?", horchte Charlie auf. „Leutnant kannst du mir verraten, was das Verhör zu bedeuten hat."

„Dich trifft keine Schuld. Du hast korrekt gehandelt. Selbst ich hätte mich von dieser Urkunde täuschen lassen. Ich werde dir verraten, dass der falsche Professor ein gemeiner Schurke ist, und in Wahrheit Bernd Jansen heißt, der es auf das Leben von Oberkommissar Brandt abgesehen hatte. Er hat dem Polizeibeamten die Schlange ins Bett gelegt."

„Damnet", fluchte Charlie. „Ich, der Handlanger eines Mörders. Wie hätte ich mit dieser Schuld leben können."

„Beruhigen Sie sich, Charlie. Ich lebe", fiel Karsten dem Manne ins Wort.

„Ich bin ein hartgesottener alter Bursche, der wilde Tier einfängt, und sie menschlich behandelt, aber dass eines meiner Tiere als Mordwerkzeug missbraucht wurde, höre ich heute zum ersten Mal."

„Good bye, Charlie. Mach dir nicht allzu viele Gedanken. Ich werde bei den deutschen Behörden einen Auslieferungsantrag stellen. Jansen wird sich vor einem amerikanischen Gericht verantworten", verabschiedete sich Leutnant Baker mit einem kräftigen Händedruck von Sumpfcharlie.

Anni und Karsten drückten diesem sympathischen Tierfänger ebenfalls die Hand. Zwei Tage später nahmen sie auch von Leutnant Baker Abschied. Als sie einen Tag später deutschen Boden betraten, erfuhren sie, dass Bernd Jansen in Untersuchungshaft saß und auf den Abtransport nach den USA warten musste.

In der gemeinsamen Wohnung angekommen, packte Anni die Koffer aus und Karsten hatte sich auf sein Bett geworfen, wo er augenblicklich eingeschlafen war.

Das Schlangengift hat ihn zu sehr geschwächt, dachte Anni und schaute liebevoll auf seine entspannten Züge.

„Anni! Die Schlange!" schoss Karsten, in Schweiß gebadet, in die Höhe.

„Ruhig, Liebster. Du hattest einen bösen Albtraum. Ich bin bei dir", umfing sie Karten mit ihren Armen und hielt ihn ganz fest.

Gib mir deine Hand

„Mein Baby, das ich unter meinem Herzen getragen habe kann mir niemand nehmen. Legen Sie mir mein Baby an meine Brust, Herr Doktor", flehend streckte Jana Bolten dem Arzt ihre offenen Hände entgegen.

„Frau Bolten..." begann der Gynäkologe.

„Bitte, Doktor, bitte", hob die Fünfundzwanzigjährige ihren Oberkörper in die Höhe und ihre dunkelbraunen Augen füllten sich mit Tränen. „Ich will mein Baby liebhaben. Ich sehne mich nach meinem Kind. Warum darf ich es nicht an mich drücken, es war doch so klein und hilflos. Meine ganze Liebe will ich ihm schenken", hauchte Jana mit erstickter Stimme.

„Aber Liebling, unser Baby war nicht lebensfähig. Die Ärzte haben um sein Leben gekämpft, aber leider den Kampf verloren", trat Torben Bolten an das Bett seiner Frau und bückte sich, um sie tröstend in die Arme zu nehmen.

„Ich habe total versagt. Schon zum zweiten Mal es ist mir nicht gelungen, dir einen Stammhalter zu schenken. Ich gebe dich frei. Mit einer anderen Frau wirst du einen Erben bekommen. Ich will aber mein Baby?", schluchzte sie unablässig.

„Beruhige dich, Jana", sagte Torben Bolten mit rauer Stimme. Der 28jährige Besitzer einer Maschinenfabrik, fürchtete um den Verstand seiner geliebten Frau. Seine blauen Augen hatten allen Glanz verloren. Sein Herz lag schwer in seiner Brust. Auch er trauerte um seinen kleinen Sohn, dessen Herzchen schon nach drei Tagen aufgehört hatte zu schlagen. „Ich verzichte gerne auf einen Erben, wenn mir nur deine Liebe erhalten bleibt", versprach er ihr mit schwerer Zunge.

„Lüge!" stieß Jana erregt hervor. „Du hast doch schon vor der Hochzeit erwähnt, dass du dir eine Ehe ohne Kinder nicht vorstellen kannst. Es gelang mir nicht, auch mein zweites Kind festzuhalten. Ich bin nicht im Stande meine Muttergefühle auszuleben."

„Wer sagt dir denn, dass du keine Kinder mehr bekommen kannst."

„Ach Torben, ich habe furchtbare Angst um uns. Lass mich bitte allein. Ich möchte um mein Baby weinen."

„Das können wir doch gemeinsam, mein Liebling. Du sollst deine Qualen nicht allein tragen. Ich bin immer bei dir"

„Nein, nein! Fass mich nicht an! Ich will dich nicht mehr sehen!" wurde die junge Frau plötzlich ungehalten und ein Beben erschütterte ihren Körper.

„Herr Doktor", stand Torben fassungslos vor dem Bett seiner Frau. „Wie kann ich ihr nur helfen, über den schmerzlichen Verlust hinweg zu kommen. Ich leide doch selber, mehr um die Schmerzen meiner Frau, als um das Baby."

„Ich werde Ihrer Gattin eine Beruhigungsspritze verabreichen, danach wird sie mehrere Stunden schlafen", sagte der Frauenarzt und verließ den Raum.

Selbst im tiefen betäubenden Schlaf warf sie sich unruhig hin und her.

Torben war an ihrem Bett sitzen geblieben und hatte ihren Schlaf bewacht. Schweren Herzens hatte er auf den Rat des Arztes gehört, sich mit einem Kuss von der schlafenden Jana verabschiedet und war nach Hause gefahren.

Am anderen Morgen erwachte sie und fühlte sich wie gerädert. Ihr Blut war erkaltet. Sie hatte keinen Lebenswillen mehr.

Torben schaute vorsichtig ins Krankenzimmer hinein. „Guten Morgen, Liebling. Wie fühlst du dich?"

Mit abgewandtem Gesicht schaute sie an ihm vorbei, als ob er ein Fremder wäre. „Man hat mir mein Baby aus meinen Händen gerissen. In diesem Hause gibt es böse Geister. Ich muss hier raus", wie gehetzt, suchten ihre Blicke den Ausgang.

„Wir fahren nach Hause, ich nimm dich sofort mit", trat Torben Bolten auf Jana zu.

„Nicht nach Hause", trat sie ein paar Schritte mit funkelnden Augen zurück.

„Wir können verreisen, uns die Welt anschauen. Wir brauchen beide etwas Abstand von den Ereignissen die auf uns hereingestürmt sind."

„Ich will nicht verreisen. Du kannst ja die Reise machen und Ausschau halten nach meiner Nachfolgerin. Ich kann nicht länger deine Frau sein, nicht nachdem ich zwei Kinder verloren habe", warf sie qualvoll die Hände vors Gesicht.

In dem Moment betrat der behandelnde Arzt das Zimmer. „Ihre Gattin braucht jetzt absolute Ruhe, Herr Bolten. Und therapeutische Betreuung. Unter fachärztlicher Aufsicht wird es ihr gelingen, das schmerzliche Erlebnis zu verarbeiten."

„Welche Arztpraxis empfehlen Sie uns, Herr Doktor?"

„Ich schlage das Sanatorium Waldesruh vor. In der Stille und Abgeschiedenheit der Klinik, wird sich die Seele ihre Frau wieder erholen. Sind Sie damit einverstanden, Frau Bolten?"

„Aber ohne meinen Mann", nickte sie mit dem Kopf und ihr Blick ging ins Leere.

„Wie ich die derzeitige Situation einschätze, wäre das Zusammenleben mit Ihrem Mann im Augenblick recht problematisch, daher werde ich alles in die Wege leiten, so dass Sie von hier aus nach Waldesruh gebracht werden können. Ein Auto aus dem Sanatorium wird Sie in den nächsten Tagen abholen. Ist es Ihnen recht so, Frau Bolten?"

Jana nickte zustimmend, ließ sich auf das Bett niederfallen und zeigte keinerlei Reaktion, als sich ihr Mann von ihr verabschieden wollte.

Torben Bolten verbiss sich die aufkeimenden Tränen und verließ, gebeugt und mit schweren Schritten, wie ein gebrochener alter Mann, das Krankenhaus.

Als der kleine Sarg mit dem Baby zu Grabe getragen wurde, war Jana nicht anwesend. Sie hatte sich jeden Gedanken an ihrem Kind aus dem Herzen gerissen. „Ich weiß nichts von einem Kind", hatte sie mit starren Gesichtszügen erwidert, als sie von Torben angesprochen worden war, an der Trauerfeier teilzunehmen.

Nach diesen lieblosen Worten seiner Frau musste Torben von dem anwesenden Arzt gestützt werden, sonst wäre er zusammen gebrochen.

Jana befand sich nun in der Heilstätte Waldesruh. Sie pflegte keinen Kontakt zu den Mitpatienten. Sie ging auch nicht ans Telefon, wenn ihr Mann täglich anrief.

Von Tag zu Tag wurde sie apathischer. Die Ärzte wussten sich keinen Rat. Sie empfohlen Torben Bolten, seine Frau vorerst nicht mehr anzurufen.

Ihr Mobiltelefon hatte sie ebenfalls abgestellt.

Zwei Wochen später äußerte Jana den Wunsch, das Klinikgelände zu verlassen um einen kleinen Spaziergang zu machen.

„Es freut uns, Frau Bolten, dass Sie bereit sind, sich in unserer herrlichen Landschaft umzuschauen. Aber entfernen Sie sich nicht allzu weit. Ihnen ist die Gegend noch nicht bekannt. Möchten Sie, dass eine Schwester Sie begleitet?"

„Das ist nicht nötig", lehnte Jana ab. „Ich will nur ein paar Schritte laufen und dem Gesang der Vögel in den Bäumen lauschen. Ich habe mein Handy mitgenommen und rufe Sie an, wenn ich mich verlaufen habe", stahl sich ein vorsichtiges Lächeln auf ihre Lippen.

Der Therapeut nahm das Lächeln der so Leid geprüften Frau wahr und glaubte, dass sich der Betonpanzer, der ihr Herz fest im Griff hatte, allmählich lockern würde.

Jana verließ das Klinikgelände, betrat einen gepflegten Wanderweg und genoss den Duft der blühenden Pflanzen, der Bäume und Sträucher.

„Hilfe!"

„Wer ruft da?", fragend blieb Jana stehen.

„Helfen Sie mir, bitte", meldete sich eine Kinderstimme.

„Wo bist du?"

„In dem Graben, der neben dem Wanderweg verläuft. Wenn Sie weitergehen werden Sie mich sehen. Ihrer Stimme höre ich es an, dass Sie in meine Richtung schauen."

Langsam ging Jana weiter. Nach mehreren Metern entdeckte sie ein blondes blauäugiges Mädchen.

„Wie konntest du nur in den Graben fallen. Ich sehe kein Hindernis."

„Da lag ein Ast auf dem Weg, der sich zwischen meinen Beinen verfing und mich zu Fall brachte. Er liegt hier neben mir. Ich fühle den Ast in meinen Händen. Sehen Sie ihn?"

„Gib mir deine Hände, ich helf dir auf die Beine. Oder kannst du nicht aufstehen? Hast du dich verletzt?"

„Ich weiß es nicht genau. Mein linkes Bein schmerzt. Ich heiße Ella und wie heißen Sie?"

„Jana Bolten."

„Jana ist ein schöner Name. Auch Ihre Stimme ist so lieblich wie eine leise einschmeichelnde Musik. Nur herzensgute Mensch sprechen mit so einer zarten weichen Stimme", lächelte Ella und ihre Augen strahlten so blau wie ein wolkenloser Himmel im Sonnenaufgang.

Wenn du wüsstest wie hartherzig ich mich, meinem Mann gegenüber, verhalten habe, würdest du dich mit Abscheu von mir abwenden, dachte Jana und ein schmerzlicher Seufzer entrang sich ihrer Brust.

„Weinen Sie? Mich müssen Sie nicht bemitleiden. Ich komme ganz gut allein zurecht, auch wenn ich Sie nur schemenhaft erkennen kann."

„Du bist blind", erschrak Jana sichtlich bewegt. „Und dann ganz allein hier im Wald!" rief sie entsetzt aus.

„Den Waldweg benutze ich jeden Tag. Jede Uneben-heit ist mir bekannt. Dass ausgerechnet heute ein Ast im Wege lag, war nicht voraus zu sehen."

„Wollen wir es versuchen, dich auf die Beine zu stel-len? Gib mir deine Hand."

„Das tut so weh", jammerte Ella.

„Beiß die Zähne zusammen, Ella", wurde die Stimme von Jana sanft. „Ich bin ganz vorsichtig. Geht es jetzt?"

„Nein", stöhnte Ella.

„Dann müssen wir Hilfe herbeirufen", entschied Jana und rief mit dem Handy das Sanatorium an. „Hier ist Frau Bolten, ich habe ein Problem. Die blinde Ella liegt hier auf dem Wanderweg im Graben und kann sich nicht erheben…"

„Die blinde Ella aus dem Waisenhaus", rief die Frau, die in der Telefonzentrale saß. „Ich schicke sofort ei-nen Krankenwagen. Wo stehen Sie genau, Frau Bol-ten?"

„Auf dem ausgebauten Wanderweg, der von dem Sa-natorium direkt in den Wald führt."

„Das Auto wird in fünf Minuten bei Ihnen sein."

„Gleich wirst du aus der misslichen Lage befreit, Ella", redete Jana dem Mädchen beruhigend zu.

„Muss ich jetzt ins Krankenhaus?"

„Das weiß ich nicht, das muss der Arzt entscheiden", antwortete Jana.

„Der Doktor, der immer ins Waisenhaus kommt?"

Inzwischen fuhr der Krankenwagen vor. Die Pfleger legten Ella vorsichtig auf eine Bahre. „Wir haben deine Waisenhausmutter angerufen, sie hat uns empfohlen dich ins Krankenhaus zu bringen, damit du gründlich untersucht werden kannst."

„Ich will aber nicht ins Krankenhaus", verzog Ella schmollend den Mund.

„Wenn du dir das Bein nicht gebrochen hast, kommst du sicherlich bald nach Hause", strich Jana der kleinen Ella über die weizenblonde Haarpracht.

„Aber wenn ich da bleiben muss?", schniefte Ella.

„Dann werde ich dich besuchen", antwortete Jana.

„Wirklich, Frau Bolten?", lächelte Ella schon wieder.

„Versprochen. Hand drauf. Auf Wiedersehen, Ella."

„Auf Wiedersehen, Frau Bolten. Sind wir jetzt Freundinnen?"

„Wenn du zu mir Jana sagst, sind wir Freundinnen."

„Jana", sagte Ella ganz feierlich. „Ich bin erst acht Jahre alt und habe eine erwachsene Freundin. Jetzt habe ich keine Angst mehr vor dem Krankenhaus."

„Dann dürfen wir gewiss losfahren", lachten die Pfleger.

„Bis morgen, Ella."

„Bis morgen, Jana."

Glücklicherweise hatte sich Ella nur eine schmerzhafte Sehnenzerrung zugezogen, so dass sie nach einer Nacht das Klinikbett wieder verlassen konnte. Das geschah in dem Moment in dem Jana das Krankenzimmer betrat.

Mit einem Stützverband um den linken Fuß, hopste Ella, an der Hand einer Pflegerin aus dem Waisenhaus, durch das Zimmer.

„Guten Tag", trat Jana grüßend näher.

„Jana", frohlockte das Kind. „Ich bin ja so froh, dass du kommst. Dann lernst du auch so gleich meine Betreuerin Nicole aus dem Waisenhaus kennen. Nicole, das ist meine Freundin Jana Bolten. Reicht euch die Hände. Kommst du mit zu mir nach Hause, Jana? Wir können Spiele machen. Nicole hat nicht immer Zeit für mich. Sie muss sich auch um die kleineren Kinder kümmern."

„Wenn ich nicht störe, opfere ich dir gerne meine Freizeit. Davon habe ich mehr als genug."

„Du bist herzlich willkommen", griff Ella nach Janas Hand.

„Was meinen Sie, Schwester Nicole?", fragte Jana.

„Ich bin damit einverstanden. Ellas Wohl liegt uns sehr am Herzen. Sie ist so ein liebes Mädchen, das schon fünf Jahre in unserem Hause lebt. Wen Ella ins

Herz geschlossen hat, den lässt sie nicht mehr los. Das muss ich Ihnen noch anvertrauen, Frau Bolten. Ella hat ein Gespür für Menschen, die es gut mit ihr meinen."

„Und ich fühle mich irgendwie zu ihr hingezogen. Es kommt von innen. Wenn Sie wissen was ich meine", sagte Jana, und gleichzeitig spürte sie, dass der harte Betonklotz, der in ihrer Brust saß, entzweibrach, und frisches warmes Blut durch ihre Adern strömte.

„Fährst du sofort mit uns mit, oder hast du heute keine Zeit, Jana?"

„Wenn es dir recht ist, schicke ich das Taxi weg, mit dem ich gekommen bin, und fahre mit dir. Wir werden schöne Tage miteinander verleben", schloss sie Ella in die Arme und ließ ein befreiendes Lachen hören.

„Du lachst so herzlich", stellte Ella fest. „Das gefällt mir und tut meinen Ohren gut."

„Komm, Ella", half sie dem Mädchen in den Rollstuhl. Bevor sie sentimental wurde, versuchte sie, sich abzulenken.

Der gequälte Tonfall war der Schwester Nicole jedoch nicht entgangen.

Sie scheint nicht nur ein weiches Herz zu haben, man sieht es ihrem Gesicht auch an, dass sie einen großen Kummer mit sich herumträgt, erkannte Nicole.

Vielleicht erfahre ich näheres, wenn sie sich täglich mit Ella beschäftigt. Es würde mich schon interessieren, wem unsere Ella ihr Herz geschenkt hat.

Ein paar Tage später schon sollte Nicoles Neugier gestillt werden. Ella hatte ihr erzählt, dass Jana Ella, ihren Kummer anvertraut hatte.

„Es muss schrecklich sein, wenn eine Mutter ihre Babys verliert", strich Nicole liebevoll über den Kopf der kleinen Ella.

„Aber wenn ein Kind seine Eltern verliert ist das auch furchtbar schrecklich", kam es bebend von Ellas Lippen.

„Mein Schatz, wir haben dich ganz toll lieb", konnte ihr Nicole nur versichern.

„Ich liebe euch auch, aber Jana liebe ich irgendwie anders. Sie wird gleich kommen", sagte sie und hob lauschend den Kopf.

Mit dem verletzten Fuß musste Ella sich noch schonen, so dass sie auch die Blindenschule nicht besuchen konnte. Somit waren die große und die kleine Freundin täglich viele Stunden beisammen. Sie unterhielten sich angeregt. Ella war ein wissbegieriges Mädchen, das sich für alles interessierte. Sie mochten die gleiche Musik. Beschwingte Walzerklänge hörte Ella so gerne. „Ich lege eine CD auf, danach gehen wir in den Wald, wo ich mich im Sommer jeden Tag aufhalte. Magst du auch die Walzerklänge und den

Duft des Waldes?", verlieh Ella ihrer Stimme einen singenden Klang.

„Scheinbar pflegen wir beide gemeinsame Interessen", musste Jana nicht lange überlegen, um zu zugeben, dass sie sich in vielen Dingen ähnlich waren.

Jana schob den Rollstuhl in dem Ella saß, in rasender Fahrt die Wanderwege entlang. Ella lachte aus vollem Halse. Janas perlendes Lachen, ließ so manchen Wanderer aufhorchen.

Auch Torben Bolten spitzte seine Ohren. Janas herzerfrischendes Lachen erkannte er sofort, und Tränen schossen in seine blauen Augen. Er hatte es zu Hause nicht mehr ausgehalten. Ohne Jana war sein Leben leer und freudlos. Er hatte nur noch gearbeitet, wenig gegessen und sich Tag und Nacht Sorgen um seine geliebte Frau gemacht. Heute hatte ihn nichts mehr Daheim gehalten. Er musste seine Frau sehen. Als er im Sanatorium erfuhr, dass Jana im Waisenhaus anzutreffen sei, machte er sich auf den Weg durch den Wald, an dem das Waisenhaus angrenzte. Er sah sie, wie sie im Laufschritt einen Rollstuhl schob im dem ein weizenblondes Mädchen saß, das ausgelassen hin- und her zappelte. Jana lief auf Torben zu. Plötzlich blieb sie abrupt stehen.

Jana riss die Augen auf. „Torben!" hauchte sie, ließ den Rollstuhl stehen und ging langsam, mit steifen Beinen, wie eine Marionette, auf ihren Mann zu. Ihr Herz hämmerte schmerzhaft in der Brust. Tränen benetzten ihre hübschen braunen Augen.

„Jana!" stolperte er vorwärts.

Aufschluchzend warf sie sich in seine Arme. Sie lachten und weinten beide gleichzeitig. „Mein Liebling. Die Sehnsucht nach dir hat mich fast umgebracht", hauchte er.

„Kannst du mir verzeihen, was ich dir angetan habe?", drängte sie sich fragend an ihren geliebten Mann.

„Ich liebe dich, Jana. Wenn du wieder gesund bist nimm ich dich mit nach Hause."

„Ella nehmen wir auch mit", antwortete Jana.

„Ella?", horchte Torben auf

„Das Mädchen im Rollstuhl. Es ist blind und Vollwaise."

„Du hast sie gerne?"

„Ich liebe sie."

„Weißt du überhaupt was du dir da aufbürdest?"

„Ich habe ihr erzählt, dass ich zwei Babys verloren habe und sie hat mir erzählt, dass sie ihre Eltern bei einem Verkehrsunfall verloren hatte, als sie drei Jahre alt war. Sie ist zwar mit dem Leben davon gekommen, aber sie ist seit jener Zeit fast blind. Und wir haben beide geweint. Wenn ich nach Hause komme, werden wir mit Ella, an die Gräber meiner Babys trauern."

„Jana, mit wem sprichst du?", meldete sich Ella.

„Mit Torben, meinem Ehemann. Er ist gekommen um mich heimzuholen."

„Wie schön für dich. Es freut mich, dass du deinen Mann wieder lieb hast und zu ihm zurückkehrst. Aber dann ich bin wieder so allein."

„Ich gehe nicht ohne dich, mein Schatz. Die Pflegschaft habe ich bereits beantragt, die Antwort vom Jugendamt wird mir in den nächsten Tagen zugestellt. Bist du nun zufrieden, Ella?"

„Mein Herz klopft ganz wild vor Freude. Aber was sagt dein Mann dazu?"

„Er wird dich willkommen heißen", trat Torben an den Rollstuhl heran, ergriff ihre Hände und schaute sich Ellas hübsches Gesicht an. Die himmelblauen Augen, die Torben nur schattenhaft erkennen konnten, waren auf ihn gerichtet. Was für hübsche ehrliche Augen sie hat. Dieses Kind muss man liebhaben dachte er. „Ich bin damit einverstanden, dass du zu uns kommst. Ich werde dich lieben wie man eine Tochter liebt. Das verspreche ich dir."

„Danke, Herr Bolten", hauchte Ella und tupfte sich die Tränen aus dem Gesicht.

„Da gibt es doch nichts zu weinen", wurde Torbens Stimme ganz weich.

„Freudentränen, Herr Bolten", konnte sie schon wieder lächeln.

„So gefällst du mir schon besser. Nun sagst du Torben zu mir und wir sind Freunde", überspielte er seine Rührung mit krassen Worten.

„Ich habe eine große Freundin und einen großen Freund", klatschte Ella in die Hände. „Wie wird sich die Mutter im Waisenhaus freuen."

Die Heimleiterin zeigte ihre Freude ganz offensichtlich, wusste sie doch, dass ihr Sorgenkind, das bislang nicht zu vermitteln war, bei dem Ehepaar Bolten in guten Händen war. „Das Jugendamt bescheinigt Ihnen eine Pflegschaft, die später in einer Adoption übergehen kann", sagte sie und verabschiedete sich von dem Ehepaar Bolten. Sie schloss Ella gerührt in die Arme und küsste ihre Stirn. „Vergiss uns nicht, mein Kind", kam es erregt von den Lippen der alten Dame.

„Ich werde dich öfter anrufen, Mutter", versprach Ella mit ernsthaftem Gesichtsausdruck. „Das darf ich doch, nicht wahr, Jana?"

„So oft du möchtest", bestätigte Jana.

„Dann Auf Wiederhören und vielleicht auch auf ein Wiedersehen. Aber nur zu Besuch. Leb wohl, Ella. Auf Wiedersehen, Frau Bolten, Herr Bolten. Wir bleiben in Verbindung."

In dem großen Haus der Eheleute Bolten hätte sich Ella verlaufen, wenn nicht Jana sie täglich herumgeführt und sie mit allen Gegenständen und Türen vertraut gemacht hätte.

Ella hatte schnell begriffen, wo ihr Zimmer lag. Zumal sie hell und dunkel unterscheiden konnte, war sie nur zwei Mal an einem Tisch angeeckt.

Ellas Sehnenzerrung war ausgeheilt, sie wurde täglich von Jana in die Blindenschule gefahren und tobte in ihrer freien Zeit mit ihrer großen Freundin in dem großen Garten herum, wo sie inzwischen mit den Hindernissen vertraut war.

Erhitzt und ermüdet ließen sich die beiden auf eine Gartenbank nieder und Ellas Mund stand nicht still. „Ich wohne jetzt schon ein paar Monate bei euch, wie in einer Familie. Sind wir jetzt eine richtige Familie", hatte sie gefragt.

„Gewiss, mein Kind. Die Adoption ist so gut wie sicher", hatte Jana zugestimmt.

„Wenn du Kind zu mir sagst, dann bin ich doch deine Tochter?", bohrte Ella weiter.

„In ein paar Wochen wirst du Ella Bolten heißen."

„Darf ich dann zu dir Mama und zu Torben Papa sagen", sprang Ella erregt auf und blieb vor Jana stehen.

„Wir würden uns sehr darüber freuen", war Janas Stimme ganz dunkel vor Erregung geworden.

„Mama!" warf sich Ella in die Arme ihrer großen Freundin, die nun ihre Mutter war. „Mama, Papa", sang sie, sich im Kreise herumdrehend, bis sie abrupt stehen blieb. „Mama?", hob sie ihre Stimme. „Ist das der Apfelbaum?"

„Was siehst du, Liebchen?", horchte Jana auf.

„Was großes, breites, grünes", antwortete Ella.

„Du siehst die grüne Farbe, mein Schatz, wie wunderbar. Ich freue mich. Das müssen wir ganz schnell Torben erzählen."

„Torben heißt jetzt Papa", klärte sie ihre Mama auf, und im Laufschritt stürzten die beiden ins Haus.

„Ihr wilden Hummeln", lachte Torben. „Habt ihr ein Attentat auf mich vor?!"

„Ein schönes Attentat, Liebster. Ella wird es dir sagen."

„Ich habe den Baum gesehen, aber dich sehe ich nur als dunklen Gegenstand. Das war sicher nur Einbildung", wurde Ellas Stimme ganz leise.

Jana und Torben schauten sich fragend an und schüttelten enttäuscht den Kopf.

„Komm mit Ella", erfasste Torben Ellas Hand. „Zeig mir mal den Baum, den du gesehen hast."

„Den da", deutete sie mit dem Finger auf den Apfelbaum, der im Garten steht und reife Früchte trägt.

„Richtig, Ella, das ist ein Apfelbaum. Du siehst ihn. Schau mich an. Was siehst du?", wurde Torben sehr ernst.

„Die Umrisse deines Körpers", antwortete das Mädchen und senkte den Kopf.

„Morgen gehe ich mit dir zum Augenarzt", entschied Jana.

„Ich komme mit", versprach Torben.

„Dann habe ich keine Angst", lachte Ella schon wieder, tastete nach der Hand von Jana und Torben und lief mit ihnen auf den Apfelbaum zu.

Als der Augenarzt Ellas Lebensgeschichte erfahren hatte, führte er eine gründliche Untersuchung durch. „Ich kann keine Verletzungen feststellen. Nach dem Unfall und dem Tode ihrer Eltern hatte sie sicherlich einen Schock erlitten, dabei hat sie über neunzig Prozent ihrer Sehkraft verloren. Hervorgerufen durch die seelische Erschütterung. Beim Anblick ihrer toten Eltern in dem Auto, hatte das Kind beschlossen, nichts mehr sehen zu wollen", war er sich sicher.

„Mein Gott! Das arme Kind", traf es Jana mitten ins Herz.

„Durch den glücklichen Umstand, dass Sie ihre Eltern geworden sind, hat sich Ellas Seele entschieden, wieder sehen zu wollen", fuhr der Arzt fort. „Die Weitsicht kehrt allmählich zurück. Um die Nahsicht schonend einzuleiten, schlage ich vor, dass wir dem Kind einen Verband anlegen, um die Augen vor Sonnenstrahlen zu schützen. Sie kommen dann jeden Tag mit Ella zu mir in die Praxis. Hier im abgedunkelten Raum schau ich mir dann den Fortschritt der Sehkraft an."

„Mama, bekomme ich jetzt Augenklappen, wie ein kleiner Junge bei uns im Heim, der operiert worden war", fürchtete sich Ella und griff nach Janas Hand.

„In den Tagen, in denen du ganz blind bist und nicht einmal die Umrisse erkennst, werde ich alle deine Schritte begleiten. Das verspreche ich dir."

„Danke, Mama. Worauf warten Sie noch, Herr Doktor", lächelte Ella tapfer.

„Zu Befehl, junge Dame", lachte der Augenarzt und legte Ella eine Augenbinde an.

Zwei Wochen später konnte der Verband entfernt werden und Ella hielt die Hände vor den Augen. „Mama, Papa", wimmerte sie. „Ich trau mich nicht."

„Nur Mut", ermunterte sie der Augenarzt. „Ich bin sicher, dass du etwas ganz Schönes sehen wirst."

„Ja, was denn", wurde sie neugierig.

„Deine Eltern, die du noch nie gesehen hast", antwortete der Arzt.

Eine Weile war es ganz still. Ella hatte die Finger gespreizt und heimlich hindurch geschaut.

„Mama, wie hübsch du bist! Und Papa, du bist ja so ein großer toller Mann!" rief sie und stürzte sich in die Arme ihrer Eltern.

„Du bist auch ein hübsches Mädchen", sagte Torben. „Schau mal in den Spiegel dort an der Wand."

Es herrschte eine feierliche Stille, als Ella ihr Gesicht befühlte und ihre Haare in die Hände nahm. „So blond und die Augen so tiefblau", staunte sie.

„Wie eine Prinzessin", entfuhr es Torben.

„Das muss ich sofort der Waisenhausmutter sagen!" wurde Ella lebendig, griff nach den Händen ihrer Eltern, zog sie hinter sich her und stürmte aus der Arztpraxis. „Sie wird sich freuen", jubelte das Mädchen.

„Ganz gewiss, mein Kind", stimmte ihr Jana zu.

„Dann lass uns schnell ins Waisenhaus fahren", wurde Ella ganz zappelig.

Die Heimleiterin drückte Ella an ihre Brust und vergoss ein paar Tränen.

Ella schaute ihr lange in die samtbraunen Augen. „Du weinst ja, Mutter."

„Nur ein paar Freudentränen, mein Kind", sagte sie und küsste Ella auf die weizenblonden Haare.

„Ich bin jetzt die Tochter von Jana und Torben und heiße Ella Bolten."

„Darüber bin ich sehr glücklich", antwortete die Heimleiterin.

„Ab Montag besuche ich eine richtige Schule! Darauf freue ich mich sehr, aber die Tatsache, dass ich zu Jana, Mama und zu Torben Papa sagen kann und sie jeden Tag anschaue, ist für mich das höchste Glück auf Erden."

Nicht schuldig

„Dieser Mann hat meinen Sohn auf dem Gewissen!" wurde Thomas Born laut und deutete mit dem Zeigefinger auf Kommissar Hartmut Kaulen.

„Um das zu klären, habe ich die Verhandlung anberaumt. Nehmen Sie bitte Platz, Herr Born", wies ihm Richterin, Edeltraut Janzen, einen Platz zu. Ihr schwarzes schulterlanges Haar, das ein schmales Gesicht einrahmte, ließ vermuten, dass die Dreißigjährige südländische Vorfahren zu haben schien. Was jedoch keineswegs der Fall war. Sie war halt so ein dunkler Typ, der von der Sonne verwöhnt wurde. Ihre samtbraunen Augen schauten begütigend in die Herzen der Menschen. Davon ließ sich so manch ein tobsüchtiger Mensch täuschen. Jedoch einige aufgebrachte Prozessteilnehmer mussten die Erfahrung machen, dass sie sich Respekt zu verschaffen wusste. Ruhig und gelassen, vermochte sie ihren Worten Gewicht zu geben und sich durchzusetzen. Mit ihrer würdevollen Erscheinung und ihrer sanften Stimme gelang es ihr, die aufgeheizten Gemüter rasch abzukühlen.

Jedoch Born polterte weiter. „Er ist schuld am Tod meines Sohnes!"

„Herr, Born", ließ sich die Richterin nicht aus der Ruhe bring. „Nehmen Sie bitte Platz und beantworten Sie meine Fragen, wenn Sie an der Reihe sind."

„Ich muss mich leider der Staatsgewalt beugen", wandte sich Thomas Born, ein korpulenter 50jähriger Geschäftsmann, der im Im- und Export tätig war, einem Stuhl zu und warf giftige Blicke auf Kommissar Kaulen. „Ich fordere Gerechtigkeit für den Tod meines Sohnes!" zischte er durch die Zähne, und ließ sich plump auf einen Stuhl fallen.

Die Richterin wandte sich Kommissar Kaulen zu.

„Ich stehe zu Ihrer Verfügung, Frau Richterin", erhob sich der 35jährige Kaulen, zu einer schlanken sportlichen Größe von einem Meter neunzig.

„Bleiben Sie bitte sitzen, Herr Kaulen", sagte Edeltraut Janzen. „Was haben Sie mit dem Tod des jungen Mannes zu tun?"

„Nichts, Frau Janzen", antwortete Hartmut Kaulen und strich sich eine dunkelbraune Strähne aus seinem gut geschnittenen Gesicht. „Dass der junge Michael Born den Freitod wählte, ist nicht mein Verschulden."

„In seiner Klageschrift behautet Herr Born jedoch, dass er Sie für den Tod seines Sohnes verantwortlich macht."

„Das kann nur seiner Fantasie entsprungen sein", wehrte Kaulen ab.

„Ich bin nicht geisteskrank!" fuhr Born in die Höhe.

„Bitte Herr Born, Sie sind sofort an die Reihe, ich möchte Herrn Kaulen nur noch eine Frage stellen."

Die weiche Stimme der Richterin die den Raum füllte, verfehlte keinesfalls ihre Wirkung auf Born.

Dessen massige Gestalt begann allmählich zuschrumpfen.

„Bitte fahren Sie fort, Herr Kommissar, berichten Sie dem Gericht, wie es zu der Behauptung kommt, die Herr Born hier aufstellt."

„Michael Born wurde beim Diebstahl einer wertvollen Armbanduhr von einem Kaufhausdetektiv gestellt. Als er die Uhr in seinen Mantel verschwinden ließ, stand der Detektiv hinter seinem Rücken. Ich wurde gerufen. Gemeinsam mit meinem Kollegen Breuer führten wir die Taschenkontrolle durch. Wir fanden die Uhr in seinem Mantel. Ich nahm seine Personalien auf und ich ließ verlauten, dass er mit einer Anzeige zu rechnen hätte. Er würde eine gerichtliche Vorladung bekommen. Mehr habe ich nichts dazu zu sagen. Außerdem hat das Kaufhaus darauf bestanden, dass der Diebstahl zur Anzeige gebracht wurde."

„Lüge, alles gelogen, mein Sohn hat es nicht nötig zu stehlen", konnte Thomas Born nicht an sich halten, zu widersprechen.

Edeltraut Janzen forderte ihn nun auf, Stellung zu dem Diebstahl zu nehmen.

„Von einer Uhr, die mein Sohn gestohlen haben sollte, erfuhr ich erst nach seinem Tode von Kommissar Kaulen. Dass mein Michael eine Uhr gestohlen haben soll, kann ich mir beim besten Willen nicht vorstellen. Ich vermute eher, dass der Kaufhausdetektiv meinem Sohn eins auswischen wollte..."

„Wie soll ich das verstehen? Eins auswischen?", unterbrach ihn die Richterin.

„Der Detektiv und mein Sohn Michael gehören einem Fußballverein an.

Beide waren für den Libero Posten nominiert, aber Michael bekam die meisten Stimmen und der Detektiv hatte das Nachsehen. Der Detektiv hat die Uhr in den Mantel meines Sohnes verschwinden lassen, um ihn zu überführen und bloßzustellen. Der Detektiv wollte sich für die Niederlage im Fußballverein rächen. Das meine ich: Mit eins auswischen"

„Die Aussage des Detektivs, beweist jedoch, dass Ihr Sohn auf frischer Tat überführt wurde", sagte die Richterin.

„Wenn der Detektiv die Polizei nicht eingeschaltet hätte, würde mein Michael noch leben. Die Schande des Diebstahls angeprangert zu werden, konnte mein Sohn nicht verkraften. Selbst wenn Michael gestohlen hatte, hätten die zwei dreiundzwanzigjährigen Männer die Angelegenheit unter sich ausmachen können. Kommissar Kaulen drohte ihm mit einem Strafverfahren. Mit dieser Schande wollte mein Michael nicht leben. Kommissar Kaulen hat den Fehler begangen, meinem Sohn mit dem Gericht zu drohen, statt zuerst mit seinen Eltern, also mit mir zu reden, zumal dem

Kaufhaus kein Schaden entstanden ist. Ich beschuldige den Polizeibeamten Kaulen, meinen Sohn Michael in den Tod getrieben zu haben."

Da nun der Angeklagte sowie der Kläger verhört worden waren, zogen sich die Richterin, die Staatsanwältin und die Beisitzer zur Beratung zurück.

Das Urteil lautete: Freispruch für Kommissar Hartmut Kaulen.

Edeltraut Janzen verlas die Begründung: „Im Namen des Volkes ergeht folgendes Urteil. Freispruch für den Angeklagten Kommissar Kaulen. Michael Born starb nicht durch die Hand eines Fremden, er wählte den Freitod durch Erhängen. Die Verhandlung ist hiermit abgeschlossen."

„Das werden Sie bereuen!" drohte Thomas Born dem Polizisten und verließ fluchtartig den Verhandlungsraum.

Hartmut Kaulen gelang es nicht, darauf zu reagieren. Born war flink wie ein Wiesel davongeeilt.

Etwa eine Woche später befuhr Hartmut Kaulen die Autobahn. Er befand sich auf dem Weg in einen Wochenendausflug. Als er von einem blauen Sportcoupé überholt, geschnitten und zum Bremsen gezwungen wurde, war es den nachfolgenden Fahrzeugen nicht möglich einen Auffahrunfall zu vermeiden. Mehrere Fahrzeuge fuhren ineinander. Kommissar Kaulen verspürte einen harten Schlag. Sein Auto wurde nach vorne geschleudert. Das Heck wurde eingedrückt.

Der Kommissar konnte unverletzt sein Auto verlassen. Als er sich soeben dem eingeklemmten PKW hinter seinem Auto näherte, schoss eine Stichflamme aus dessen Motorhaube. Mit einem Schrei auf den Lippen bedeckte er mit beiden Händen seine geblendeten Augen.

„Kommissar Kaulen, was ist mit Ihnen?"

Diese einschmeichelnde Stimme kannte er doch. „Frau Janzen?"

„Wie kann ich Ihnen helfen, Herr Kaulen? Sind Sie verletzt?"

„Ich wurde von hinten gerammt und kam von der Fahrspur ab. Als ich ausstieg um zu schauen, ob ich erste Hilfe leisten kann, fing das Auto hinter mir Feuer. Die Stichflamme hat mich geblendet. Mir flimmern feuerrote Ringe vor den Augen."

„Dann müssen wir sofort etwas unternehmen. Mein Auto steht seitlich hinter Ihrem Wagen. Ich hole ihn umgehend, und da die Autobahn vor uns frei ist, bringe ich Sie schnellstens in eine Augenklinik", entschied die Juristin. „Während der Fahrt sagen Sie mir, wie es zu dem Unfall kommen konnte. Dass wir uns vom Unfallort entfernen, nehme ich auf meine Kappe", fügte sie noch hinzu.

Sirenengeheul kündete an, dass sich Rettungsfahrzeuge dem Unfallort näherten.

„Sind Sie bereit, mir den Unfall zu schildern?"

„Ich wurde von einem blauen Sportwagen geschnitten. Ich zog das Lenkrad stark nach rechts, musste aber kräftig abbremsen, weil die Bremslichter des Sportwagens vor mir aufleuchteten. Ein Schlag von hinten schleuderte mich auf den Standstreifen…"

„Konnten Sie sich das Nummernschild einprägen?", fragte Edeltraut Janzen.

„Ich glaube die ersten Buchstaben waren ein K und ein A. Bindestrich: KJ.

Aber die Zahlen hinter dem KJ waren nicht mehr zu entziffern, dafür war der Wagen schon zu weit entfernt und ich war bemüht, mein Auto wieder auf die Fahrbahn zu lenken, um nicht in die Leitplanke zu gelangen."

„Das ist schon ein Anhaltspunkt. Ich werde sofort die Polizeidirektion in Karlsruhe informieren", schaltete Richterin Edeltraut Janzen das Autotelefon ein. Sie schilderte den Unfall aus Sicht des betroffenen Polizisten und gab die Daten durch. „Mit dem verletzten Kommissar Hartmut Kaulen befinde ich mich auf dem Weg in eine Augenklinik", schloss sie ihren Bericht.

In der Augenklinik wurde Kommissar Kaulen sofort untersucht, und der Augenarzt legte ihm einen Schutzverband an. Nach ein paar Tagen Ruhe und einer absoluten Abschirmung der Augen wird die Sehkraft wieder hergestellt, hatte der Arzt gesagt, und für Hartmut Kaulen ein Bett in der Klinik zugewiesen.

„Wen kann ich benachrichtigen?", bot sich die Richterin an.

„Ich habe keine nahen Verwandten", antwortete der Polizist. „Wenn Sie so nett sind, in meine Wohnung zu gehen, hier ist der Schlüssel, um mir das zu besorgen, was ich hier im Krankenhaus nötig habe."

„Das werde ich sogleich erledigen, wenn Sie mir sagen wo Sie wohnen. Und Sie versprechen mir, sich niederzulegen, Hartmut. Ich darf doch Hartmut sagen?"

„Wenn ich Sie mit Edeltraut anreden darf, bin ich einverstanden."

„Bis gleich, Hartmut", hielt sie seine Hand minutenlang fest.

Edeltraut Janzen schaute sich in der Wohnung von Hartmut um, bevor sie im Schlafzimmer den Kleiderschrank öffnete und all das fand was sie suchte.

Mit einer Reisetasche in der Hand betrat sie erneut das Krankenzimmer.

Hartmut Kaulen hatte auf einem Bett Platz genommen. Er hob seinen Kopf. „Edeltraut?", fragte er.

„Ja, Hartmut, ich habe einen Schlafanzug, Unterwäsche, Seife, Handtücher und Zahnputzmittel mitgebacht."

„Ich danke dir. Den Elektrorasierer hast du doch sicherlich nicht vergessen?"

„Doch, Hartmut", musste Edeltraut zugeben. „Daran habe ich nicht gedacht. Ich habe Sachen eingepackt, die ich auch in einem Krankenhaus mitnehmen würde."

„Zum Glück trägst du keinen Damenbart", lachte er gezwungen.

„Und wenn ich eine Hexe mit einer Warze und einem spitzem Kinn wäre?", scherzte sie.

„Dann hätte ich mich erst recht in dich verliebt", gab er den Scherz zurück. „Bei unserer Begegnung im Gerichtssaal hoffte ich…"

„Dass ich dich eines Tages rasieren muss", unterbrach sie ihn und versuchte humorvoll die tragische Situation aufzulockern.

„Nun bin ich so hilflos wie ein Baby, das gefüttert werden muss. Hoffentlich werde ich nicht blind", ließ er mit kaum vernehmbarer Stimme den Kopf hängen.

„Ich werde dich täglich besuchen und das Pflegepersonal wird für dich sorgen, bis ich morgen wiederkomme", bemühte sie sich ihn aufzurichten.

Sie verabschiedete sich von Hartmut und strich ihm sachte über die rechte Wange. „Gute Besserung und werde bald gesund", war ihre sanfte Stimme eine Wohltat für seine Ohren.

„Ein Abschiedskuss von dir wird meinen Heilungsprozess beschleunigen", hob er sein Gesicht der Frau entgegen, die er zwar nicht sehen, aber ihre Nähe spüren konnte. Den angenehmen Körperduft, den sie verströmte, nahm er ebenfalls wahr.

Ihre weichen Lippen berührten nur einige Sekunden lang seinen Mund, und errötend wie ein Teenager lief sie aus dem Krankenzimmer.

Edeltraut Janzen ließ sich beurlauben. Jeden Tag war sie im Krankenhaus anzutreffen, wo sie Hartmut rasierte, seine Speisen mundgerecht zubereitete und mit ihm Arm in Arm im Klinikpark spazieren ging.

Nach fünf Tagen Klinikaufenthalt entfernte der Augenarzt den Verband.

„Ich sehe Sie, Herr Doktor!" rief er erfreut aus. „Noch etwas unscharf…"

Der Arzt unterbrach ihn. "Gedulden Sie sich noch zwei bis drei Tage. Sie müssen sich sehr langsam an das Tageslicht gewöhnen und Ihre Augen noch eine Weile schonen. Erst dann sind Sie wieder vollkommen gesund."

Die gute Nachricht behielt er nicht für sich. Als er es Edeltraut sagte, küsste sie ihn und flüsterte ihm ins Ohr: „Ich liebe dich."

„Ich freue mich auf eine gemeinsame Zukunft mit dir", gab er zurück und hielt sie fest umschlungen.

„Setz dich bitte", führte sie ihn zu einer Parkbank.

„Deine Stimme klingt so amtlich, hast du mir etwas mitzuteilen?"

„Ja, Hartmut. Zunächst möchte ich dir sagen, dass ich dein Auto abschleppen ließ. Es steht bei mir auf meinem Grundstück."

„Ich danke dir dafür. Aber da kommt doch noch etwas. Habt ihr den Verkehrsrowdy dingfest gemacht?", klang seine Stimme bitter vor Erregung.

„Ja, deine Kollegen haben ihn der Staatsanwaltschaft übergeben. Du wirst es nicht glauben, der Unfallverursacher war Thomas Born. Er fuhr eine Zeit lang hinter dir her, überholte dich und schaute zu dir hinüber. Als er dich erkannte, beschloss er, dich in Gefahr zu bringen. Er schnitt dich und bremste dich aus. Danach beschleunigte er seinen schweren Sportwagen. Im Rückspiegel hatte er den Auffahrunfall mitbekommen. „Ich hoffe, dass es ihn erwischt hat", sagte Born wortwörtlich, bei der Vernehmung. „Ich habe mit dem Unfall meinen Sohn gerächt", hatte er hämisch gegrinst. Er bekommt eine Anzeige wegen gefährlichem Eingriff im Straßenverkehr und Körperverletzung."

„Beinahe wäre es ihm gelungen, mein Lebenslicht auszulöschen", äußerte sich der Polizist. „Ich hätte tot sein können. Wenn ich mein Augenlicht verloren hätte, wäre ich ein Leben lang auf einen hilfsbereiten Menschen angewiesen."

„Du hättest dann die Welt mit meinen Augen gesehen", versprach ihm Edeltraut Janzen

„Ich danke dir, Edeltraut. Morgen werde ich als geheilt entlassen."

„Ich hole dich ab. Du kommst dann zu mir. Ich werde dich verwöhnen und dir jeden Wunsch von deinen blauen Augen ablesen."

„Von deinen zarten Händen umsorgt zu werden, werde ich mir sehr gerne gefallen lassen. Aber, geliebte Edeltraut, womit kann ich dich verwöhnen?", legte er sein erhitztes Gesicht in ihre zarten Hände.

„Mit Liebe und Zärtlichkeit, Hartmut. Du kannst schon jetzt damit beginnen", antwortete sie, schmiegte sich an ihn und gab sich seinen suchenden Lippen hin.

Sag die Wahrheit

„Adrian! Endlich kommst du", streckte Alice Link ihrem Lebensgefährten beide Hände entgegen und aus ihren blauen Augen strahlte das Glück. „Ich dachte schon du hättest mich vergessen, solange habe ich dich nicht gesehen."

„Der Wahlkampf lässt mir kaum Zeit für ein Privatleben." Wie um Verzeihung bittend klangen seine Worte.

„Lass uns bitte nicht über Politik reden", unterbrach sie ihn und versuchte, seinen Blick einzufangen. Ständig schaute er wie gehetzt auf die Uhr. „Du bist furchtbar nervös", stellte sie besorgt fest. „Liegt es daran, dass dir deine politische Karriere Sorge bereitet?"

„Man redet nur noch von deinem Verkehrsunfall", gab er ihr wie aus der Pistole geschossen Bescheid. „Du weißt hoffentlich, dass du bestraft werden kannst!" fuhr er unbeherrscht fort.

Alice erblasste. Wie konnte er nur so einen Ton anschlagen? Sie liebten sich doch, und die Vermählung war seit langem beschlossen. „Ich bin unschuldig!" verteidigte sie sich leidenschaftlich.

„Ich bin von deiner Unschuld überzeugt, aber das Gericht wird anderer Meinung sein, angesichts deiner Fahrerflucht. Ich habe bereits mit dem Staatsanwalt gesprochen. Man könnte dir die Strafe zur Bewährung aussetzen", versicherte ihr der dunkelblonde schlanke 36jährige Politiker.

„Welch eine Gnade", konterte Alice ironisch. In dem blassen Gesicht der 28 Jahre alten Chemielaborantin setzte sich ein entschlossener Zug fest. „Ich will Gerechtigkeit! Ich verlange vom Gericht, dass der wahre Unfallverursacher gesucht wird. Ich werde kein Schuldbekenntnis ablegen. Mit meinem Widerstand ist zu rechnen."

„Bitte, Alice, ich hasse Skandale, die meinen Plänen schaden könnten", wurde sein Ton schroff. Ungeduldig spielte er mit dem Autoschlüssel, jeden Moment auf dem Sprung, ihre Wohnung zu verlassen.

Alice sehnte sich danach, in seinen starken Armen Geborgenheit und Vergessen

zu finden. Er war jedoch nicht in der Stimmung, sie zu trösten. Sein Wahlkampf erfüllte sein Fühlen und Denken.

„Du benimmst dich geradeso, als ob dir der Prozess gemacht wird", sagte sie und schaute ihm liebevoll in die braunen Augen. Um Adrian auf andere Gedanken zu bringen, nahm sie sein Gesicht in beide Hände und küsste ihn.

„Ach, Liebling, es ist nicht so einfach, als Abgeordneter mit einer vorbestraften

Partnerin zusammenzuleben", neigte er den Kopf zur Seite.

Alice fuhr zurück, taumelte, wurde kreidebleich und sank aufstöhnend in einen Sessel. „Ich… Ich dachte, du stehst über den Dingen", stammelte sie benommen und brach in Tränen aus. Das lange braune Haar fiel ihr ins Gesicht. Sie senkte den Kopf, sodass er ihre innere Qual nicht sehen konnte.

„Im Grunde stehe ich auch darüber, aber in Anbetracht dessen, dass ich einen Ministerposten anstrebe, kann ich mir keinen Fehltritt erlauben."

„Den Fehltritt habe ich doch begangen", entgegnete Alice mit bebenden Lippen und unterdrückte den letzten Tränenstrom. „Wird sich nun nach dieser Sache mit dem unseligen Unfall zwischen uns etwas ändern?", tastete sie mit ängstlichen Blicken sein Gesicht ab.

„Wie kommst du darauf?", schüttelte Adrian den Kopf. Impulsiv zog er sie an seine Brust. „Halte durch, Liebling, ich stehe auf deiner Seite. Vielleicht gelingt es mir, den Staatsanwalt zu überzeugen, den Fall zu den Akten zu legen."

„Darauf kann und will ich mich nicht verlassen. Ich setze auf die Hoffnung, den wahren Täter durch einen Zeitungsbericht ausfindig zu machen, in dem ich den Autofahrer bitte, der mich von der Fahrbahn abgedrängt hatte, sich bei der Polizei zu melden. Das werde ich in der Zeitung veröffentlichen."

Adrian küsste Alice flüchtig auf den Mund und hatte es sehr eilig. „Bis bald, Liebling. Ich melde mich."

„Viel Erfolg im Kampf um deinen angestrebten Posten im Ministerium", hauchte sie mit erstickter Stimme und starrte auf die Tür, die er hinter sich geschlossen hatte.

Die Privatsekretärin Helga Vossen, 25 Jahre alt, blond und vollschlank, bewohnte eine Zweizimmerwohnung. Mit einem stürmischen Kuss empfing sie ihren Freund an der Wohnungstür. „Was unternehmen wir heute, hast du schon einen Plan?", fragte sie und schenkte ihm ein zärtliches Lächeln.

Gert Bandel hielt Helga engumschlungen, versank in ihre blauen Augen und flüsterte: „Im Moment reizen mich deine schöne Gestalt, deine Lippen, deine sanften Hände und deine Liebe. Wenn ich dies alles genossen habe, lade ich dich zum Essen ein. Ich habe nämlich eine Neuigkeit zu verkünden", tat er sehr geheimnisvoll.

„Eine Gehaltserhöhung", rätselte Helga, als sie sich später auf dem Weg ins Restaurant befanden.

„Wird jetzt noch nicht verraten. Bei einem Glas Champagner wirst du es erfahren."

„Spann mich nicht länger auf die Folter, du Geheimniskrämer", beugte sich Helga über den Tisch, und Gert umschloss ihr Gesicht mit beiden Händen.

Beim Kerzenschein im Restaurant schimmerten ihre Augen dunkelblau, und Gert wurde es warm ums

Herz. „Ich liebe dich", berührte er mit den Lippen ihr linkes Ohr.

„Es kitzelt", lachte sie. „Aber lenk nicht ab. Heraus mit der Neuigkeit."

„Ich werde befördert", hielt er sich nicht länger zurück.

„Gert", rief Helga. „Ich freue mich für dich. Herzlichen Glückwunsch." Mit einem Kuss bewies sie ihm, wie sehr sie Gert zugetan war.

„Und weißt du was das bedeutet, mein Schatz", fragte er und lachte. „Dass ich mehr Gehalt bekomme und dass wir heiraten können."

Helga nickte mit dem Kopf und ergriff seine Hände. „Ich werde dich lieben in guten und in schlechten Zeiten", versprach sie ihm.

„Du bist mein Leben, Helga, was auch immer geschieht, bitte ich dich, zu mir zu halten."

„Du Dummer, was sollte uns entzweien. Unsere Liebe ist stark genug, jede Hürde zu nehmen."

„Mein Schatz", flüsterte der 28jährige, verscheuchte die Gedanken, die ihn seit Tagen quälten und peinigten. Er lachte gezwungen. „Am Tage meiner Beförderung, zum Abteilungsleiter, wird das Aufgebot bestellt", gab er sich frohgestimmt und hob das gefüllte Champagnerglas. „Auf unsere Liebe."

Alice saß blass und in sich zusammengesunken auf der Anklagebank. Adrian war nicht erschienen.

Schon seit Tagen hatte sie ihn in seiner Wohnung nicht erreichen können. Und auf dem Handy wollte sie ihn nicht anrufen. Hatte er so wenig Zeit für sie? Den besten Verteidiger hatte er für sie bestellt, jawohl, aber in ihrer schweren Stunde hätte sie an seiner Seite Halt finden können.

„Frau Link, schildern Sie bitte dem Gericht, wie es zu dem Unfall kam", forderte der Richter Alice auf, zu dem Unfall Stellung zu nehmen.

„Als ich mich so gegen achtzehn Uhr auf dem Heimweg von einem Einkaufsbummel befand, wurde ich von einem Autofahrer überholt und geschnitten, so dass ich nach rechts ausweichen musste. Ich geriet ins Schleudern, gelangte auf den Radweg und erfasste einen Radfahrer."

„Gelang es Ihnen, sich das Nummernschild einzuprägen", warf der Richter dazwischen.

Alice zog die Stirn in Falten, schaute ins Leere und überlegte fieberhaft. „Es war ein weißer PKW mit dem Kennzeichen MA Bindestrich K. Die folgenden Zahlen konnte ich nicht mehr erkennen."

„Was geschah nach dem Unfall?", mischte sich der Staatsanwalt ein. „Haben Sie sich dem Radfahrer zugewandt?"

„Ich war in Panik, hatte einen Schock. Ich gab Gas und fuhr nach Hause", senkte Alice den Kopf, hielt krampfhaft die aufkeimenden Tränen zurück und suchte in ihrer Handtasche nach einem Taschentuch.

„Sie wissen doch, dass Sie sich strafbar gemacht haben? Unfallflucht kann mit Gefängnis bestraft werden", klärte sie der Richter auf.

„Aber ich bin doch unschuldig!" fuhr Alice in die Höhe. „Ich bin von einem anderen Autofahrer abgedrängt worden. Der Unfall war unvermeidbar", wurde Alice lebhaft.

„Mag sein, dass ein zweites Auto an dem Unfall beteiligt war. Was wir Ihnen auch glauben, aber es geht hier um die Fahrerflucht. Mit dem Radfahrer sind schließlich nur Sie kollidiert, nicht der von Ihnen erwähnte Autofahrer. Sie haben sich vom Unfallort entfernt, ohne sich um den Verunglückten zu kümmern. Dieser war nur leicht verletzt, so dass es ihm gelang, sich Ihr Kennzeichen einzuprägen. Wir beschuldigen Sie der leichten Körperverletzung, der Sachbeschädigung und der Fahrerflucht, und verurteilen Sie zu drei Monaten Führerscheinentzug. Die Freiheitsstrafe wird zur Bewährung ausgesetzt. Da Sie unbescholten sind, wird auch keine Geldstrafe erhoben", schloss der Richter seine Urteilsbegründung.

„Ich bin unschuldig! Ich verlange Gerechtigkeit!" protestierte Alice und stürmte Kopflos aus dem Gerichtssaal. Ich bin vorbestraft! Mit diesem Urteil zerstöre ich Adrians Karriere, schoss es ihr durch den Kopf. Ich muss mich von ihm trennen. Mit starrem Blick verließ Alice das Gerichtsgebäude. Für ihren Anwalt hatte sie keinen Blick. „Ich muss in die Redaktion der Tageszeitung", murmelte sie nur und eilte mit langen Schritten davon.

Gert Bandel saß bei Helga am Kaffeetisch und blätterte durch die Tageszeitung. Eine Meldung fiel ihm ins Auge.

„Der Autofahrer, der am 2. Juli gegen achtzehn Uhr auf der Gutenbergstraße einen blauen VW überholte, wird gebeten sich bei der Polizei zu melden. Wir bitten um seine Zeugenaussage zu einem Unfall, der sich bei einem Überholmanöver zugetragen hatte."

Gert unterdrückte ein Aufstöhnen. In seinem Kopf hämmerte es. Warum habe ich nicht angehalten? Ich sah doch im Rückspiegel, wie das Auto schleuderte. Ich muss nicht bei Sinnen gewesen sein. Die anderen Verkehrsteilnehmer zu behindern und in Gefahr zu bringen, ist doch sonst nicht meine Art, Auto zu fahren. Was zwei Glas Bier, zu viel, verursachen können, habe ich an diesem Tage erfahren. Ich sollte mich wohl bei der Polizei melden, regte sich sein Gewissen. Nein! zuckte Gert zurück. Ich verbaue mir meinen beruflichen Erfolg.

„Du bist so nachdenklich, Gert. Gibt es Probleme mit deiner Beförderung?", riss ihn Helga aus den quälenden Gedanken. „Hörst du mir überhaupt zu."

Sein Kopf flog ruckartig in die Höhe, die Zeitung fiel zu Boden. „Doch, doch", entfuhr es ihm. Er beugte sich zur Seite und hob die Zeitung auf.

„Ich habe es meinem Chef gesagt", redete Helga weiter.

„Was hast du deinem Boss erzählt!?", fuhr Gert Helga an.

„Dass wir heiraten und dass du befördert wirst."

„Was geht deinem Chef meine Beförderung an!" brauste Gert auf.

In Helgas Gesicht zuckte es verdächtig nach Tränen. „Hast du heute schlechte Laune? Lass sie bitte nicht an mir aus."

„Entschuldige, Liebling. Ich bin… Ach vergiss es. Ich liebe dich, was auch immer kommen mag", klangen seine Worte beschwörend.

„Ich liebe dich auch, Gert", gab Helga leise zu und griff nach der Zeitung. „Du, Gert, hier steht, dass die Braut des Abgeordneten Adrian Meller wegen Fahrerflucht vorbestraft worden sei. Sein Einzug ins Ministerium wäre gefährdet."

„Was kümmern mich die Politiker!" stieß Gert missmutig hervor.

Sein Ton traf Helga mitten ins Herz. „Du hast doch nichts zu befürchten. Dein Aufstieg ist doch gesichert, oder bedrückt dich etwas, hast du Sorgen? Selbst wenn du kein Abteilungsleiter wirst, ist das noch lange kein Beinbruch. An meiner Liebe zu dir wird sich deswegen nichts ändern."

Gert zuckte wie unter einem Hieb zusammen. Jetzt wäre der Zeitpunkt gekommen, Helga sein Verkehrsvergehen zu beichten. Wie würde sie darauf reagieren? Würde sie ihn verachten? Und wie wird es mit dem Beruf weitergehen? Du musst schweigen, mahnte ihn eine böse Stimme. Seine Gesichtszüge hatten sich qualvoll verzogen.

„Liebling, du bist plötzlich sehr blass geworden, fühlst du dich nicht wohl? Kann ich dir irgendwie helfen?"

„Mir kann keiner helfen", quälten sich die Worte von Gerts blutleeren Lippen.

"Hast du Schmerzen? Bedrückt dich etwas? Sage es mir."

„Die Wahrheit", stöhnte Gert auf.

„Ich versteh kein Wort. Hast du mich belogen, wegen deiner Beförderung?

Gert schüttelte den Kopf. „Ich habe geschwiegen."

„Was heißt das?", horchte Helga auf.

„Ich bin ebenfalls an dem Unfall beteiligt. Ich habe sie von der Straße abgedrängt", sagte Gert und strich sich den Schweiß von der Stirn.

Helga blieb ganz ruhig. „Du musst die Angelegenheit richtigstellen", sagte sie.

„Weißt du, was du da von mir verlangst", entgegnete er kleinlaut.

„Den Kopf wird man dir nicht gleich abreißen", versuchte sie ihn aufzurichten.

„Aber die Karriere verbauen."

„Denkst du denn nur ständig daran!" brauste sie auf. „Es gibt noch andere Dinge im Leben, als nur Geld und Macht, zum Beispiel Aufrichtigkeit, Ehrlichkeit, Güte, Hilfsbereitschaft und Liebe!" Helga saß ihm gegenüber und forschte in seinen starren Zügen. „Ich möchte den Menschen, den ich liebe, achten und vertrauen, darum bitte ich dich, nicht länger zu schweigen, sondern den Mut aufzubringen und die leidige Angelegenheit mit dem Unfall aus der Welt zu schaffen. Ich kann das nicht länger mit ansehen. Wie sehr dich die Sache beschäftigt und dass sie dich zu kränken scheint, sehe ich dir doch an."

„Willst du dich von mir trennen? Sind wir nicht glücklich miteinander?"

„Auf einer Lüge kann man kein Glück aufbauen. Auch keine Karriere. Ständig wird dich diese Belastung verfolgen."

Verärgert sprang Gert auf. „Du bist wohl verrückt!" schnaufte er. „Du glaubst doch wohl nicht im Ernst, dass ich alles aufgebe, was ich mir vorgenommen habe. Einen gutbezahlten Posten, Gründung einer Familie, Kinder und ein Häuschen im Grünen. Und dass alles wegen einer Frau, die einen Radfahrer angefahren hatte. Sie ist mit einer Bewährungsstrafe davongekommen. Sie wird neben ihrem politisch erfolgreichen Bräutigam gesellschaftlich glänzen und keiner wird es wagen, sie schief anzuschauen", tat Gert leichthin ab.

„Gert!" rief Helga empört. „Wie kannst du dich über die Gefühle anderer Leute hinwegsetzen. Ständig hast du mich im Glauben gelassen, ein einfühlsamer Mensch zu sein. Scheinbar hast du mich getäuscht. Du bist ein wahrer Egoist!"

„Wenn du das so siehst, habe ich hier nichts mehr verloren. Ich kann ja gehen", fügte er hinzu, ergriff seine Jacke und warf die Tür hinter sich ins Schloss.

Helga war still sitzengblieben. Seine Worte hatten sie verletzt, hatten ihr Herz getroffen. Sie konnte nichts für ihn tun, nur bittere Tränen vergießen. Es lag nun an ihm, Farbe zu bekennen oder mit dem schlechten Gewissen weiterzuleben.

Alice Link saß im Sessel und las unlustig in einem Buch. Ihre Gedanken schweiften immer wieder ab. Sie dachte an Adrian, den sie seit drei Wochen nicht mehr gesehen hatte, auch telefonisch hatte er sich nicht gemeldet. Die Glocke an ihrer Wohnungstür schlug an. Wer sollte sie zu so später Stunde noch besuchen? Vorsichtig öffnete sie die Tür. „Adrian", entfuhr es ihr und sie vergaß den Eingang freizugeben.

„Guten Abend, Alice, darf ich reinkommen?"

„Bitte", forderte sie ihn auf, einzutreten. „Mit dir hatte ich nicht gerechnet. Ich meine nicht so schnell", beeilte sie sich, ihre Worte abzuschwächen.

„Ich hatte Sehnsucht nach dir."

„Nach einer Vorbestraften", spöttelte sie und zog ihre Lippen kraus.

„Alice", bat er mit sanfter Stimme und seine braunen Augen flehten um Vergebung. „Ich hatte keine Zeit, der Wahlkampf hatte mich voll in der Mangel."

„Und heute hat dich die Mangel rausgeworfen", lachte sie gekünstelt.

„Ich habe mein Mandat in trockenen Tüchern, mein Schatz", lachte Adrian sein Siegerlachen, das er immer aufsetzte, wenn es ihm gelang, die Karriereleiter zu erklimmen.

„Das freut mich für dich. Und nun willst du mir mitteilen, dass eine Vorbestrafte im Leben eines Ministers keinen Platz hat."

„Warum so zynisch, Alice? Du hast unter Schock gestanden. Ich wüsste nicht wie ich nach einem Unfall, bei dem ein Mensch verletzt wird, reagiert hätte", musste Adrian zugeben.

„Wochenlang lässt du dich nicht sehen, fragst nicht wie es mir geht, wie ich mich als Verbrecherin fühle", entgegnete sie verbittert.

„Verzeih mir", streckte er Alice die Hände entgegen. „Ich war ein Egoist. Das soll anders werden. Ich verspreche es dir. Willst du meine Frau werden, Alice?"

Sie nickte bejahend mit dem Kopf. „Die Zeit ohne dich war kaum zu ertragen, Liebster."

„Liebling", zog er sie in seine Arme.

„Küss mich, Adrian", flüsterte sie. „Deine Zärtlichkeit habe ich so sehr vermisst."

Vor Tagen schon hatte Gert Bandel Helgas Wohnung grußlos und wutentbrannt verlassen. Ungeduldig wartete er auf ihren Anruf. Nichts geschah. Er wurde immer unruhiger. Er liebte Helga und verging vor Sehnsucht nach ihr. Nachts quälten ihn Alpträume und jeden Morgen schwor er sich, zur Polizei zu gehen. Aber sobald er an seine Beförderung dachte, beschwor er sein Gewissen, ihn in Ruhe zu lassen. Ich bin feige, mies und schuftig, gestand er sich ein, und focht einen Kampf aus, der ihm auch äußerlich anzusehen war. Blass und mit glanzlosen Augen, schleppte er sich eines Tages zu Helgas Wohnung.

„Guten Morgen, Gert", ergriff sie seine Hände, zog ihn durch die Tür. „Du bist ja ganz abgemagert", stellte sie mit Tränen in der Stimme fest.

„Es duftet so lecker bei dir. Bekomme ich eine Tasse Kaffee und ein Käsebrötchen", stand er mit hängenden Armen vor Helga.

„Du bist doch mein liebster Gast", trat sie lächelnd auf ihn zu.

„Helga", stöhnte er erlöst auf und bedeckte ihr Gesicht mit heißen Küssen.

„Du hast mir furchtbar gefehlt", setzte er sich Helga gegenüber an den Tisch.

„Du mir auch. Die Tage ohne dich waren grässlich", gestand sie ihm und bediente ihn mit Brötchen und Kaffee.

„Es ist so schön, von dir verwöhnt zu werden", versicherte er und biss kräftig in das Brötchen. „Wir haben uns eine Ewigkeit nicht gesehen und in meiner Wohnung fiel mir die Decke auf den Kopf. Aber jetzt sind die qualvollen Stunden vorbei und überstanden."

„Gott sei Dank", atmete Helga auf. „Bin ich froh, dass du dich bei der Polizei gemeldet hast."

„Habe ich nicht", gestand er ihr mit abgewandtem Gesicht.

„Bitte, Gert, mach reinen Tisch, gib deine Schuld zu", beschwor sie ihn.

„Müssen wir ausgerechnet beim Frühstück damit beginnen?", begehrte er auf.

"Ja, das sollten wir", blieb sie hart. „Du zerstörst dich, bist bereits dein eigenes Gespenst. Ich kann es nicht länger mit ansehen, wie du dich quälst. Geh zur Polizei. Befreie dich von der Last, die dich zu ersticken droht."

„Sei bitte still, Helga", wehrte sich Gert. „Ich werde doch nicht so verrückt sein und mich jetzt noch stellen, nachdem alles gelaufen ist. Die Sache ist ausgestanden. Für die Autofahrerin und den Verletzten, der mit dem Leben davongekommen ist…"

„Nur für dich nicht", fiel sie ihm ins Wort. „Du lebst mit der Lüge, verschweigst die Wahrheit", schleuderte sie ihm ins Gesicht.

„Hör endlich auf!" schrie er und hielt sich die Ohren zu. „Du liebst mich nicht", beklagte er sich im selben Atemzug.

„Das scheint nur so. Weil ich dich liebe, möchte ich, dass es dir gut geht, Liebster."

Gert streckte die Hände nach Helga aus. Doch sie wich zurück. „So kann doch unsere Liebe nicht enden. Der Unfall ist nun mal nicht mehr aus der Welt zu schaffen", beteuerte er.

„Der Unfall ist nicht mehr rückgängig zu machen, aber die Autofahrerin kannst du mit deinem Geständnis rehabilitieren", blieb Helga standhaft.

„Ich kann nicht", krümmte er sich wie ein Wurm. „Meine Karriere steht auf dem Spiel."

„Damit kannst du mich nicht umstimmen", beharrte sie. „Gestehe. Meine Liebe zu dir ist unerschütterlich. Du bist doch kein Verkehrsrowdy, hast nur einmal einen Fehler gemacht."

Sein Gesicht verhärtete sich. „Sag mal, willst du unbedingt mit mir Schluss machen? Bist du an einer gemeinsamen Zukunft nicht mehr interessiert?"

Helga ließ sich nicht einschüchtern. „Unter diesen Umständen muss ich eine Trennung in Kauf nehmen. Es würde mir sehr wehtun. Die schönen Träume einer gemeinsamen Zukunft sind dann leider ausgeträumt."

„Verdammt noch mal! Denk nicht an andere Leute! Denk an mich! Ich werde wegen Fahrerflucht verurteilt, bekomme eine Gefängnisstrafe aufgebrummt und kann im Gefängnis schmoren!" schrie er und schlug mit der Faust auf den Tisch.

Helga ließ sich nicht aus der Ruhe bringen. „Du bist an dem Unfall nicht direkt beteiligt. Daher denke ich, dass du mit einer Bewährungsstrafe davonkommen wirst."

„Bewährung oder Knast. Strafe bleibt Strafe. Und die Strafe, dass mein neuer Posten in der Firma den Bach runtergeht, interessiert dich wohl gar nicht!?"

„Es interessiert mich wohl, aber nicht, wenn ich mit ansehen muss, wie du dich innerlich zerstörst."

„Du nervst!" schrie er. „Du willst es nicht anders! Ruf mich an, sobald du deine Meinung geändert hast!" verließ er aufgebracht ihre Wohnung.

Nach dem Streit mit Helga, hatte Gert Bandel eine schlaflose Nacht hinter sich. Dunkle Augenränder entstellten sein Gesicht und die dunkelbraunen Augen stierten glanzlos in den Spiegel. Sein Kopf schmerzte. Er fühlte sich hundeelend. Nach dem hastig herunter geschlungenen Frühstück fuhr er sofort zur nächsten Polizeidienststelle. Helga hatte Recht. Der innere Friede und die Liebe zu seiner Freundin sollten ihm mehr bedeuten, als Vorstrafen, Macht und Geld. Mutig betrat er das Polizeigebäude.

Eine Woche später las Helga in der Tageszeitung folgende Meldung:

„Die Braut des Ministers Adrian Meller ist rehabilitiert. An dem Unfall mit einem Radfahrer, der verletzt worden ist, hat ein zweiter Autofahrer eine gewisse Mitschuld eingeräumt. Die Strafe für diesen Autofahrer wird sich sicherlich in Grenzen halten."

Die Zeitung flog in die Ecke. Helga riss ihre Wohnzimmertür auf, stürmte aus dem Haus, warf sich in ihr Auto und brauste davon.

Sie nahm erst den Finger vom Klingelkopf, als Gert die Tür gewaltsam aufriss. „Wer zum Teufel...!"

„Liebster!" rief Helga, warf Gert die Arme um den Hals und schloss seinen Mund mit einem langen Kuss.

Verlorene Träume

Mit dem Bäckermeisterbrief in der Tasche, verkündete der 26jährge Florian Hansen seinen Eltern: „Ich habe mich entschlossen, den Amerikanern deutsche Backwaren anzubieten."

„Und ich hatte gehofft, du übernimmst eine unserer Filialen, stattdessen willst du auswandern."

„Versteh mich bitte nicht falsch, Papa…"

„Dein Vater ist keineswegs begeistert, dass der einzige Erbe, den väterlichen Betrieb verlässt und irgendwo in der Fremde sein Glück sucht."

„Liebe Mama, ich werde sicherlich mit einigen Hindernissen zu rechnen haben, aber John Fraser, den ich auf der Meisterschule kennengelernt habe, hat Verwandte in den USA, die für mich bürgen und die mir eine kleine Wohnung zur Verfügung stellen."

„Ich werde dich mit einem angemessenen Kapital ausstatten, mein Sohn."

„Und ich werde die Amerikaner mit Fleiß und meisterlichem Können, überzeugen, dass sie ohne deutsche Backwaren nicht leben können", lachte Florian und seine blauen Augen strahlten Tatendrang aus.

„Musst du ausgerechnet in einem fremden Land dein Können unter Beweis stellen. Unsere drei Betriebe laufen sehr gut. Wir haben seit Jahren einen zufriedenen Kundenstamm. Ich will dich nicht verlieren. Jahre lang, meinen Sohn in der Fremde zu wissen, wird mir schlaflose Nächte bereiten."

„Liebe Mama, ich habe mich nicht leichtfertig entschieden, euer gemachtes Nest zu verlassen, mein Ehrgeiz verlangt es von mir. Ich will mich von klein auf hocharbeiten. Deshalb verzichte ich auch auf Papas finanzielle Hilfe."

„So ist es recht, Florian, meine Backstuben sind auch durch den Fleiß meiner Hände entstanden. Fordere dein Glück heraus, aber versprich mir und deiner Mutter auf die Hand, dass du zurückkehrst, wenn du keinen Erfolg verbuchen kannst und dass du heimkehrst, wenn ich oder deine Mutter deine Hilfe nötig haben."

„Ich werde euch niemals in Stich lassen, und dir, liebe Mama, verspreche ich dir so oft wie möglich zu schreiben."

„Ich hoffe, von dir nur Gutes zu hören, Florian", rieb sich Ellen Hansen ein paar Tränen aus den braunen Augen.

„Von einigen Mitarbeitern werde ich mich noch verabschieden, vor allem von Gitta, mit der ich gemeinsam meine Bäckerlehre begonnen habe."

„Sie wird dich vermissen. Wir hatten ihr verspochen, dass sie neben dir die Filiale auf der Bremer Straße leiten wird."

„Ich denke, sie wird meinen Entschluss billigen, Papa", war sich Florian sicher.

Um sechs Uhr in der Frühe saß er in der Maschine, nach New York. Der 26jährige dunkelblonde Mann, der seinen Bäckermeister-Titel bei sich trug, flog einer ungewissen Zukunft entgegen. Er war fest entschlossen, nicht als Versager heimzukehren.

Seinem Antrag, einen Backbetrieb zu eröffnen, wurde fünf Monate später stattgegeben und kurz darauf schickte Florian die ersten Fotos via Internet seinen Eltern zu.

„Liebe Eltern, hier stehe ich vor meinem Geschäft mit meinen Mitarbeitern, die mir beim Verkauf der Waren behilflich sind und die im Café die Gäste bedienen. Rechts neben mir steht Maren Gläser, eine 24jährige Frau, die mit ihren Eltern, vor über 20 Jahren von Deutschland nach New York ausgewandert ist. Sie ist nicht nur eine gelernte Backwarenverkäuferin und wird nicht nur von der Kundschaft geliebt, auch euer Sohn hat an Maren sein Herz verloren."

Der Kontakt zwischen Florian und seinen Eltern riss nicht ab, so dass ein Jahr nach seiner Einreise in den USA, eine weitere Nachricht in Deutschland eintraf:

„Liebe Eltern, wir haben geheiratet. Die kirchliche Trauung findet in sechs Monaten in Deutschland statt. Liebe, herzliche Grüße von Florian und eurer Schwiegertochter Maren."

Sechs Monate später fand in Deutschland die kirchliche Trauung statt und im Hotel zum Löwen wurde gefeiert, wo Bäckermeister Hans Hansen und seine Gattin Ellen, nicht nur die Schwiegertochter, sondern auch deren Eltern kennenlernten und mit ihnen angeregte Gespräche führten.

Eine Woche nach dem Besuch in Deutschland, stand das junge Ehepaar schon wieder in der Bäckerei in New York und ihre Erzeugnisse gingen weg wie warme Semmeln.

In New York lief der Bäckereibetrieb schon drei Jahre lang hervorragend. Maren und Florian waren verliebt, wie am ersten Tag.

In Deutschland lebte ebenfalls ein glückliches Ehepaar, nämlich die dunkelbraune 26jährie Gitta und ihr gleichaltriger Mann Jürgen Folk, der zwar als Monteur sehr oft auswärts übernachten musste, aber dennoch seine geliebte Frau und seinen 4jährigen Sohn keine Sekunde lang vergaß. Jeden Tag rief er von unterwegs an und freute sich Gittas und Timos Stimme zu hören.

Um zehn Uhr in der Frühe schlug die Schelle an. „Nanu, wer kann das sein", murmelte Gitta und öffnete die Tür.

Zwei Polizisten standen im Flur. „Wir hätten gerne Frau Folk gesprochen", sagte einer der Beamten.

„Ich bin Frau Folk, ist was mit…"

„Das, was wir Ihnen zu sagen haben, sollten wir doch besser in Ihrer Wohnung…"

„Kommen Sie bitte herein", unterbrach Gitta den Polizisten. Ihre Stimme zitterte und ihre Hände waren eiskalt. „Ist was mit Timo?" brachte sie mühsam heraus, als einer der Polizisten die Wohnungstür hinter sich geschlossen hatte.

„Wer ist Timo?"

„Mein Sohn. Der sollte jetzt im Kindergarten sitzen. Aber manchmal läuft er weg oder er versteckt sich irgendwo im Haus, der kleine Schlingel."

„Es handelt sich um Ihren Mann, Jürgen Folk. Ihr Gatte heißt doch Jürgen?"

Gitta nickte mit dem Kopf. Sie war plötzlich unfähig einen Ton von sich zu geben. Ihre Kehle war wie zugeschnürt. Mühsam entrang sie sich: „Ist er…"

„Ihr Mann hatte einen Verkehrsunfall."

„Nein!" schrie Gitta und Halt suchend knickte sie in den Knien ein.

Behutsam wurde sie in einen Sessel gesetzt und die Beamten sagten ihr, dass sein Auto von einem entgegenkommenden Falschfahrer gerammt und in die Leitplanken geschleudert worden sei.

„Ihr Mann ist in der hiesigen Klinik St. Josef eingeliefert worden. Möchten Sie mit uns zur Klinik fahren?"

Gitta Folk antwortete, dass sie ihre Chefin anrufen würde, und als die Ordnungshüter ihre Wohnung verlassen hatten, hauchte sie in den Telefonhörer: „Frau Hansen, Jürgen hatte einen Verkehrsunfall. Er liegt im St. Josefs-Krankenhaus. Ich muss zu ihm…"

„Mein Gott, Gitta. Bleiben Sie zu Hause, ich komme zu Ihnen."

„Ich muss ins Krankenhaus…"

„Wir fahren gemeinsam hin", entschied Ellen Hansen.

„Danke, Frau Hansen." Eine viertel Stunde später empfing Gitta Folk ihre Arbeitgeberin.

„Wo ist Timo?"

„Im Kindergarten."

„Nach dem Krankenbesuch nehme ich Timo mit zu uns. Er bleibt dann so lange bei uns, bis Ihr Mann aus dem Krankenhaus entlassen wird. Timo, der in unserem Haus ein- und ausgeht, wird von mir persönlich betreut, während Sie vorerst zu Hause bleiben und sich um Ihren Mann kümmern."

„Aber, Frau Hansen…"

„Keine Widerrede, Gitta. Sie sind auf unbestimmte Zeit beurlaubt."

„Danke, Frau Hansen."

„Ich bin Frau Folk, wo liegt mein Mann", wandte sie sich an eine Krankenschwester.

„Augenblick bitte, Frau Folk. Bevor Sie Ihren Mann besuchen, möchte sich Stationsarzt Dr. Schweda mit Ihnen unterhalten."

„Ihr Mann hatte das linke Bein und den linken Arm gebrochen", sagte der Arzt, nachdem alle drei Platz genommen hatten. „Die Frakturen haben wir bereits medizinisch stabilisiert. Jedoch seine Kopfverletzung bereitet uns große Sorge. Er reagiert auf keinerlei Berührung, ist nicht ansprechbar und hat die Augen geschlossen. Er befindet sich in einer tiefen Ohnmacht. Sein Zustand ist so besorgniserregend, dass wir ihn auf der Intensivstation ständig beobachten müssen."

„Frau Hansen", griff Gitta nach der Hand ihrer Arbeitgeberin.

„Setzen Sie sich an das Bett Ihres Mannes, Frau Folk, und versuchen Sie, ihn mit Worten zu wecken", schlug der Arzt vor.

Er geleitete die beiden Frauen durch den Krankenhausflur hinüber zur Intensivstation.

Jürgen lag in einem breiten Bett und schlief. Sein Kopf war oberhalb der Augen bandagiert. Aus seiner Nase schauten Schläuche heraus. Er wurde künstlich beatmet. Hände und Füße waren verkabelt. Maschinen hielten sein Leben aufrecht. Der geschiente linke Arm und das linke Bein hingen an Ketten, die an der Zimmerdecke befestigt waren.

„Jürgen", stürzte Gitta auf ihn zu. „Jürgen wach auf. Ich bin da, deine Gitta!"

Sie ergriff seine rechte Hand und schaute ihn an. „Mach bitte die Augen auf, bitte Jürgen." Sie erzählte ihm, dass sie heute ihren freien Tag hätte und dass Frau Hansen nach Hause gefahren war, um Timo von der Kita abzuholen.

Jürgen zuckte weder mit der Wimper, noch mit der rechten Hand.

Gitta redete und redete, bis eine Schwester sie bat, sie möge nach Hause gehen und morgen wiederkommen. „Im Moment können Sie für Ihren Mann nichts tun. Wir müssen ihm Zeit lassen, sich von dem Unfall zu erholen."

Da Gittas Eltern früh verstorben waren, waren nur Jürgens Eltern, aus mehr als hundert Kilometer Entfernung angereist. Sie saßen am Krankenlager ihres Sohnes und rangen mit der Angst, ihren einzigen Sohn zu verlieren, nachdem sie erfahren hatten, dass kaum Hoffnung bestand. „Entweder bleibt Ihr Sohn ein schwerstbehinderter Pflegefall oder…"

Gitta und ihre Schwiegermutter begannen derart laut zu schluchzen, dass der Arzt nicht weitersprach, sich jedoch lautlos entfernte.

Aus Amerika, von Florian und Maren kamen täglich Nachrichten übers Internet.

„Liebe Gitta, halte durch. Lieber Jürgen, gib dich nicht auf. Kämpfe", hatten sie ins Internet geschrieben.

„Wann kommt Vati von der Arbeit nach Hause", hatte Timo gefragt. „Heute ist doch kein Kindergarten und Vati kommt dann immer früher nach Hause."

„Dein Vati ist sehr krank", hatte Gitta den Kopf gesenkt, um ihre Tränen zu verbergen.

„Wenn ich krank bin muss ich auch im Bett bleiben. Ich will gleich mal gucken ob Vati in seinem Bett liegt."

„Er schläft nicht in seinem Bett, sondern im Krankenhaus."

„Dann will ich ihn besuchen und sofort nach Hause holen, damit er in seinem eigenen Bett ganz schnell gesund wird."

„Vati, Vati!" rief Timo.

„Nicht so laut, Vati schläft", bremste ihn die Mutter.

„Aber er soll doch sehen, dass ich ihm meinen Porsche mitgebracht habe. Schau mal, Vati", legte Timo seinem Vater den kleinen Rennwagen in die rechte Hand.

Als Jürgen nicht reagierte, begann Timo zu weinen. „Warum guckt er sich mein Geschenk nicht an? Wenn ich sonntags zu euch ins Bett komme, tut er zuerst immer so als ob er schläft, aber dann springt er auf und macht mit mir eine Kissenschlacht. Und warum hängt er an Ketten und warum hat er ein Pflaster auf dem Kopf. Und warum hat er so was Komisches in der Nase und eine Wäscheklammer am Finger und warum zischt und piepst es hier so laut?"

„Dein Vati hatte einen Verkehrsunfall."

„Hat ihn ein Autofahrer totgefahren?"

„Nicht tot, Timo, nur schwer verletzt."

„So wie ich mich am Knie verletze, wenn ich von meinem neuen Fahrrad falle?"

„Genau so, mein Schatz."

„Und wenn Vati dann nicht mehr blutet, kann er dann wieder laufen und nach Hause kommen."

Fünf Wochen lang hatten Jürgens Eltern und Gitta, an seinem Bett gesessen und erfolglos auf ihn eingeredet.

Kein Lebenszeichen war zu erkennen. Die Ärzte beschlossen, ihn in ein Pflegeheim einzuweisen.

Die Schwiegereltern waren abgereist, Timo befand sich im Kindergarten und Gitta saß am Bett ihres Mannes.

Sie hatte seine Hand ergriffen und redete auf ihn ein: „Lieber Jürgen, wach bitte auf, du kannst doch nicht ewig schlafen, wir hatten doch noch so viele Träume. Eine süße kleine Tochter sollte unsere Familie vergrößern, ein Häuschen wollten wir bauen, mit einem großen Garten dahinter, wo die Kinder ungestört herumtollen können. Wir wollten unsere Kinder heranwachsen sehen. Enkelkinder sollten durch unser Haus toben, im Alter wollten wir verreisen und die ganze Welt kennenlernen. Bitte komm zu uns zurück, zu Timo und zu mir. Ich brauche dich doch, meine einzige große Liebe. Mach die Augen auf, sag etwas, bevor du morgen in ein Pflegeheim abgeschoben wirst. Ich kann dich leider nicht pflegen, ich muss für Timo und mich Geld verdienen. Was soll nun aus uns werden, mein Liebster. Wir waren so glücklich."

„Gitta, warum weinst du", war Jürgen kaum zu verstehen, dennoch zuckte Gitta vor Schreck zusammen.

„Du hattest einen Unfall", stammelte sie.

„Lass mich schlafen, ich bin so müde", formten kaum hörbar seine Lippen.

Dann seufzte er tief, seine Hand fiel herab und aus dem ständigen Piepton war ein langgezogener Pfeifton geworden.

„Jürgen!" schrie Gitta, und ihr Kopf sank auf seine Brust.

Die Schwester, die sich im Hintergrund aufgehalten hatte, murmelte: „Exodus", und rief über ihr Handy einen Arzt herbei.

Um den Schock zu behandeln, den sie durch den Tod ihres Mannes erlitten hatte, musste Gitta eine Nacht im Krankenhaus bleiben.

Am anderen Morgen nahm sie, blass und sprachlos, kaum lebensfähig, Abschied von ihrem Mann, mit dem sie sechs Jahre lang ein glückliches Leben geführt hatte.

Mit Timo an der Hand, stand sie, wie Eis erstarrt, an das offene Grab. Tränenlos. Denn die Tränen, die sie an seinem Krankenbett vergossen hatte, nahm Jürgen mit in ein anderes Leben.

Ihr Herz war einsam und leer.

Timo konnte es nicht begreifen, dass sein Vati niemals mehr mit ihm rumtoben sollte.

Die junge Witwe war umgezogen.

Sie wohnte jetzt mit Timo in dem großen Wohnhaus ihres Arbeitgebers, in der Wohnung, die früher Florian bewohnt hatte.

Ellen Hansen hatte es so beschlossen, ihr Mann, aber auch Florian im fernen New York, hatten ihr zugestimmt.

Und aus dem fernen New York flatterte eine freudige Nachricht ins Haus der Familie Hansen.

„Ihr werdet Großeltern! Maren bekommt ein Baby. Ein Mädchen!"

„Wie freue ich mich für Sie und ihren Mann, Frau Hansen", sagte Gitta und ihre Augen strahlten ehrliche Freude aus.

„Danke, liebe Gitta", erwiderte Ellen Hansen. „Mein Mann ist rein aus dem Häuschen, am liebsten möchte er sofort nach Amerika fliegen und seine Schwiegertochter in Watte packen, damit dem Baby ja nichts passiert. Sie müssen wissen, Gitta, mein Mann hatte sich einen Sohn und eine Tochter gewünscht. Leider…"

„Jürgen hätte auch so gern ein Töchterchen gehabt", wandte sich Gitta Folk ab und begann zu weinen.

Ellen Hansen nahm die junge Witwe tröstend in die Arme.

„So ein Quatsch", lachte Gitta schon wieder. „Wir wollen doch nicht Trübsal blasen, freuen wir uns lieber auf ein neues Leben, das uns geschenkt wird, nachdem wir ein Leben verloren haben."

Gitta war so weit zufrieden mit ihrem Leben. Timo, der zu Ellen und Hans Hansen, Tante und Onkel sagte, wurde von den beiden wie ein Sohn geliebt und verwöhnt.

Als er eingeschult wurde, bekam er von seiner Wahltante einen Ranzen geschenkt, und sie war es auch die ihn gemeinsam mit seiner Mutter auf seinem Weg ins Schulleben begleitete.

Kurz nach dem neuen Lebensabschnitt, der für Timo begonnen hatte, erschien ein Foto im Internet.

„Schaut euch unsere kleine Britney an. Sie wiegt 3400 Gramm, ist 50 Zentimeter groß und hat dunkle Haare. Mutter und Kind sind wohl auf."

„Herzlichen Glückwunsch", wurde zurückgesendet. „Zur Kindtaufe kommen wir nach New York. Liebe Grüße von deinen Eltern, Schwiegereltern, Großeltern und von Gitta Folk."

Florian ließ es sich nicht nehmen seine Eltern vom Flughafen abzuholen,

Die Begrüßung fiel sehr herzlich aus. Obwohl sich die Mutter ein paar Tränen aus ihren Augen trockenreiben musste, war sie doch recht stolz auf ihren Sohn, der seine Eltern später durch seinen Betrieb führte.

Doch vorerst wurden Maren und das Baby begrüßt.

Und die 4 Monate alte Britney lachte ihre Oma und ihren Opa ins Gesicht und zappelte mit den Ärmchen und Beinchen.

In einer schlichtgehaltenen Kirche wurde Britney getauft. Anschließend fand die Feier zu Ehren des Kindes in einem Hotel statt, an der Verwandte, Freunde und ein paar besonders treue Kunden teilnahmen.

Drei Tage darauf wurden Ellen und Hans Hansen, von Florian und Maren am Flughafen verabschiedet.

Die Fotos von der kleinen Britney stehen im Wohnzimmer der Großeltern.

Obwohl sich Gitta beim Betrachten der Bilder freute, wurde ihr Herz dennoch schwer. Sie dachte daran, dass sie heute vielleicht auch ein Töchterchen im Arm halten würde.

Eine Meldung traf ein:

„Liebe Eltern", schrieb Florian. „Radikale Demonstranten hinterließen eine Schneise der Verwüstung. Auch unser Geschäft bekam die Wucht zu spüren.

Das Schaufenster ging zu Bruch und der Verkaufsraum wurde geplündert. Macht euch bitte keine Sorgen, da wir nicht in der City wohnen, sind wir an Leib und Leben heil geblieben. Britney steht schon auf ihren strammen Beinchen und vollführt die ersten Schritte. Liebe Grüße von Maren, Florian und Britney, die bereits plappert und sicherlich bald Oma und Opa sagen wird."

„An unser Enkelkind erfreut sich unser Herz", hatte Hans Hansen geantwortet. „Aber der Überfall auf euer Geschäft macht uns ganz traurig. Vor allem deine Mutter leidet darunter, dass ihr in finanzielle Not geraten könntet. Hast du eine Finanzspritze nötig?"

„Nein, Papa. Ich besitze Rücklagen."

„Der Junge ist aus echtem Holz geschnitzt", wandte sich Hans seiner Frau zu.

„Wie sein Vater", antwortete Ellen und lachend fiel sich das Ehepaar in die Arme.

In letzter Zeit fiel Hans Hansen nicht nur das Treppensteigen schwer, er hustete auch sehr stark und ermüdete bereits nach einer Wegstecke von etwa 100 Metern.

„Seit Monaten droht dich dein Husten zu ersticken. Du gehst sofort zu meinem Hausarzt", bestimmte Ellen mit Nachdruck in der Stimme und ihre dunkelbraunen Augen waren angstvoll auf ihren Mann gerichtet.

„Was soll ich da", wehrte Hans ab.

„Dich untersuchen lassen. Ich werde dich anmelden." Ohne lange zu überlegen rief Ellen den Arzt an, und von der Sprechstundenhilfe bekam sie sofort einen Termin, den Hans nicht ausschlagen konnte, so geschah es, dass er zwei Tage später dem Arzt gegenüber saß.

„Ich vermute, dass Sie eine Staublunge haben."

„Wie komme ich zu einer Staublunge, Herr Doktor, schließlich bin ich kein Bergmann, der in einer Kohlenzeche arbeitet."

„Sie sind Bäckermeister, Herr Hansen. Mehlstaub wird von Ihnen bewusst oder unbewusst eingeatmet, der sich in den Bronchien ablagert und zu einer Bronchitis führen kann. Ich muss umgehend einen Röntgenologen anrufen, der sich Ihre Lunge anschaut und Röntgenaufnahmen macht."

„Ist es denn so eilig, Herr Doktor?"

„Je früher umso besser. Ich möchte ganz sicher gehen und ein Karzinom ausschließen."

„Krebs!" erschrak Hans Hansen.

„Davon kann noch keine Rede sein, aber ein schwerer Lungenschaden könnte sich zu einem Krebs entwickeln. Nachdem Sie mich wissen ließen, dass Sie bereits seit fast einem Jahr husten und um Luft ringen, sehe ich mich als Arzt gezwungen, Sie einem Fachmediziner vorzustellen."

Die Röntgen- und MRT-Aufnahmen waren eindeutig.

Hans Hansen hatte Tumore, die nicht nur die Lunge befallen hatten, sondern auch die Luftröhre, so dass die behandelnden Ärzte befürchteten, der Patient könnte ersticken.

Mit hängenden Schultern betrat Hans Hansen sein Heim, wo ihm Ellen ein paar Schritte entgegenkam. „Wie lautete der ärztliche Befund?"

Und Hans, der sich vorgenommen hatte seine Frau Ellen nicht zu erschrecken, vergaß seinen Entschluss, es ihr schonend beizubringen und gebrauchte nur das eine Wort: „Lungenkrebs."

„Hans", entfuhr es Ellen. Sie erblasste und nahm ihren Mann tröstend in die Arme. „Du bist doch erst 58."

„Der Tod nimmt keine Rücksicht auf Alte und Junge, auf Arme oder Reiche. Er ist mächtiger als das kleine Wesen Mensch. Er fragt nicht ob der Bäckermeister Hansen schon sterben will oder nicht."

„Was soll nun werden?"

„Ich weiß es nicht, Ellen."

„Florian muss nach Hause kommen", deutete Ellen an.

Doch Florian schrieb im Internet:

„Liebe Mama, lieber Papa, Maren und ich sind entsetzt. Unsere Herzen bluten.

Wir wünschen, dir, lieber Papa, dass es für dich eine Heilung gibt. Ich kann leider nicht mehr nach Deutschland zurückkehren, ich werde hier nötig gebraucht, meine Produkte finden in vielen amerikanischen Städten reißenden Absatz. Und weil ich in der Backstube nicht mehr mitarbeite, bin ich mit dem Vertrieb der Ware beschäftigt, den ich keinem anderen überlassen kann. Gute Besserung, lieber Papa. Es grüßen euch von Herzen, Maren, Britney und Florian."

„Der Junge will unbedingt Millionär werden", schimpfte Ellen.

„Ich kann ihn sehr gut verstehen", entgegnete Hans. „Ich an seiner Stelle würde ebenso handeln. Meine Erkrankung kann er mir nicht nehmen und in unseren Filialen arbeiten, bewährte Mitarbeiter und Mitarbeiterinnen, auf die wir uns verlassen können."

„So wie auf Gitta Folk", warf Ellen ein.

„Da kommt mir eine Idee", griff sich Hans an den Kopf, der im Laufe der Jahre kahl geworden war. „Wir könnten Gitta und Timo adoptieren. Sie wären dann unsere rechtmäßigen Erben. Vielleicht könnten wir Timo, nach seiner Schulzeit, zum Bäcker ausbilden. Mit Florian ist nicht mehr zu rechnen. Der hat sich ein Imperium aufgebaut, dagegen ist unser Betrieb eine armselige Hütte."

Gitta wollte nichts davon wissen.

„Timo und Sie wären versorgt", redete Ellen ihr gut zu.

„Wir können Florian doch nicht sein Erbe streitig machen."

„Sie werden es nicht glauben Gitta, Florian hat unsere Entscheidung mit Freuden begrüßt"

„Wenn das wahr ist, dann…"

„Dann stimmen Sie zu. Das ist wunderbar. Mein Mann zerfällt zusehends. Die Chemotherapie und die Bestrahlungen zeigen keinerlei Wirkung, daher ist es wichtig, die Verträge beim Notar so schnell wie möglich abzuschließen."

Eine Woche später schon waren die Verträge in trockene Tücher, sie beinhalteten, dass Gitta die Filiale, die sie zurzeit leitete, erben würde, sobald die Adoption genehmigt und besiegelt sei. Nach dem Tode des letztlebenden Ehegatten, sollte der gesamte Besitz des Ehepaares Hansen, an Gitta und Timo vererbt werden.

Etwa drei Monate später hießen Gitta und Timo mit Familiennamen „Hansen."

Und Timo rief freudig aus. „Ich darf jetzt zu Tante Ellen Oma Ellen und zu Onkel Hans, Opa Hans sagen. Und wenn ich mir etwas wünschen darf, dann wünsche ich mir, dass Opa Hans ganz schnell wieder gesund wird und uns nicht verlässt, wie mein Papa uns verlassen hat."

Gitta drückte ihren Sohn, der jetzt sieben Jahre alt war an ihr Herz. „Lass uns gemeinsam für deinen Opa ganz feste die Daumen drücken."

Doch der Druck der Daumen kam leider zu spät.

Die rasch wachsenden Metastasen hatten Hans so geschwächt und mit Schmerzen gequält, dass er trotz Morphium kurze Zeit später in den Armen seiner lieben Frau und an der Hand seiner Adoptivtochter, friedlich eingeschlafen war.

„Was ist aus unseren Träumen geworden, lieber Hans", vergoss Ellen am Sarg ihres aufgebahrten Mannes bittere Tränen. „Im Alter sollte Florian den Betrieb übernehmen. Wir wollten auf Reisen gehen. Nun bin ich allein, mit deinen und mit meinen Träumen im Herzen."

Florian, Maren und Britney waren zur Beerdigung angereist. Verwandte, Freunde und Nachbarn gaben dem Verstorbenen das letzte Geleit.

Und bevor Florian ein paar Tage später mit Maren und Britney, den Heimflug, antrat, sagte er zu Gitta:

„Herzlich Willkommen in unsere Familie, liebe Schwester."

„Danke, lieber Bruder. Ich wünsche dir und deinen Lieben alles Gute. Heute kann ich ja mein Geheimnis ausplaudern und dir verraten, dass ich dich schon wie einen Bruder geliebt habe, als wir uns noch in der Ausbildung befanden."

„Jetzt ist Oma Ellen ganz allein", sagte Timo, nachdem die Gäste abgereist waren.

„Dann sollten wir deine Oma ganz toll liebhaben", antwortete Gitta.

„Von mir bekommt sie gleich ein Küsschen", stürzte Timo davon, rief: „Oma Ellen, Oma Ellen!" und stürmte in ihr Wohnzimmer.

„Du Wildfang", breitete sie lachend die Arme aus und drückte ihren Enkel an ihr Herz.

Und Timo küsste seine Oma schmatzend auf die linke Wange. „Jetzt bin ich der Herr im Haus", warf er sich stolz in die Brust.

Und Ellen wandte sich ab, um ihr lachendes Gesicht zu verbergen.

„Wenn du der Bäckermeister Timo Hansen bist", unterdrückte sie ihre Heiterkeit und setzte ernsthaft hinzu: „dann musst du ganz früh aufstehen, um frische Brötchen zu backen."

„Wie früh denn, Oma?"

„Um drei Uhr."

„Ist es dann hell oder dunkel?"

„Es ist dann so finster, lieber Timo, dass man die Hand vor Augen nicht sieht."

„Dann will ich doch kein Bäckermeister sein, sondern lieber zur Schule gehen."

„Und fleißig lernen, denn zu einem Bäckermeistertitel gehören nicht nur Muskeln, lieber Timo, sondern, auch ein schlauer Kopf."

Kleine Schritte zum großen Glück

Während Ellen, Gitta und Timo in dem großen Haus noch enger zusammen gerückt waren, hatte Gitta die Bäckereifiliale in Besitz genommen, die sie durch die Adoption des verstorbenen Bäckermeisters Hans Hansen geerbt hatte.

Eine gutgehende Geschäftsstelle, in der vier Verkäuferinnen die Waren über den Ladentisch verkauften und die Gäste im Café bedienten.

„Bist du zufrieden mit dem Umsatz?", hatte sich Ellen bei Gitta erkundigt.

„Sehr zufrieden, Ellen", gab Gitta ihrer Adoptivmutter Bescheid.

Die sie nicht Mama, sondern Ellen nennen musste. „Ich will dir eine Schwester sein und die Leute, die uns nicht kennen, sollen das auch glauben", hatte Ellen lachend dazu gesagt.

„Und wie reagieren die Angestellten auf die neue Chefin?", fuhr sie das Gespräch fort.

„Sie respektieren mich", hatte Gitta geantwortet.

„Wenn eine ehemalige Arbeitskollegin plötzlich Chefin wird, kann das zu Spannungen führen. Die Erfahrung habe ich gemacht, als ich, eine kleine Backwarenverkäuferin, die Ehefrau des Bäckermeisters Hans Hansen wurde. Eine Mitarbeiterin wurde patzig, sie wehrte sich gegen meine Anordnungen, mit den Worten; Von dir lasse ich mir nichts sagen. Daraufhin mussten wir sie entlassen."

„Bislang habe ich nichts Nachteiliges bemerkt. Wir duzen uns weiterhin, lachen miteinander und diskutieren, wie wir das Café umgestalten könnten, so dass es etwas heller ausgeleuchtet wird."

„Du hast Recht, Gitta, die Rückwand im Café ist ein wenig zu dunkel. In freundlichen hellen Räumen fühlen sich die Gäste wohler, das haben wir erfahren müssen, als wir unser Hauptgeschäft damals umgebaut hatten. Schau dich in den einschlägigen Fachgeschäften um, vielleicht findest du ein paar Lampen, die deinen Geschmack treffen."

Wenige Tage später überließ Gitta ihr Geschäft den vier Angestellten, um sich auf den Weg zu machen, ein paar Lampen anzuschauen.

In der Elektroabteilung eines Möbelmarktes war die Auswahl so groß, dass Gitta sich nicht für eine Lampe entscheiden konnte. Sie nahm eine Lampe nach der anderen in die Hand.

„Ich würde dem Strahler den Vorzug geben, helles Licht sorgt für eine gute Stimmung, liebe Gitta."

Gitta drehte sich ganz langsam um. „Rainer Sassen", entfuhr es ihr und mit großen Augen schaute sie den Mann an, dessen braune Augen auf sie gerichtet waren. „Wo kommst du denn her?"

„Das kann doch nur Gitta sein, die ich begrüßen möchte, verriet mir mein Blick durch das Schaufenster", lachte er und küsste sie auf die linke und auf die rechte Wange. „Du siehst blendend aus, Gitta. Die Ehe mit Jürgen scheint der reinste Jungbrunnen zu sein."

„Aber du bist auch nicht älter geworden, seit wir uns vor 8 Jahren zum letzten Mal im Turnverein gesehen haben", stellte Gitta fest.

„Die Luft in den USA ist mir gut bekommen..."

„Richtig, Rainer, deine Eltern sind mit dir nach Amerika ausgewandert", unterbrach sie ihn.

„Wir sind nicht ausgewandert. Mein Vater wurde nach den USA versetzt, um drüben den Diplomatenposten auszufüllen. Ich war sein Mitarbeiter. Vor ein paar Tagen sind wir wieder nach Deutschland zurückgekehrt. Meine amerikanische Freundin hatte es vorgezogen in ihrer Heimat und bei ihrer Familie zu bleiben. Somit bin ich wieder solo. Nun weißt du alles von mir. Und du? Bist du immer noch Verkäuferin und Jürgen, ist der immer noch als Monteur unterwegs?"

Gittas Gesichtszüge verdunkelten sich, aufkeimende Tränen unterdrückte sie, mit matter Stimme sagte sie: „Lass uns nach oben ins Restaurant gehen, dort können wir uns unterhalten."

Als sie im Restaurant ihre Bestellung aufgegeben hatten und sich gegenüber saßen, plauderte Rainer lachend drauflos: „Im Turnverein hatten wir nie Langeweile. Es gab immer was zu lachen. Jürgen, der stets den Vorturner spielen musste, tanzte absichtlich aus der Reihe, das war so lustig anzuschauen, dass selbst der Trainer mit lachen musste. Vollführt er heute auch noch seine Späße, oder…" unterbrach er sich und stellte entsetzt fest, dass Gitta kreidebleich geworden war und an ihm vorbei ins Leere starrte.

„Gitta, geht es dir nicht gut?"

„Jürgen ist seit vier Jahren tot", antwortete sie und ihre Gesichtszüge nahmen langsam wieder Farbe an.

„Entschuldige bitte, Gitta, dass ich mich so tölpelhaft benommen habe…"

„Das hast du nicht wissen können, Rainer."

„Mein herzlichstes Beileid nachträglich und verzeih mir, meine unbedachten Worte."

„Es gibt nichts zu verzeihen, Rainer. Ich war nicht bereit, dir heute schon zu erzählen, dass Jürgen tot ist. Von einem Falschfahrer auf der Autobahn…"

„Sprich nicht weiter, Gitta, in Amerika geschehen derartige Unfälle sehr oft.

Ich kann dich nicht leiden sehen, liebe Gitta. Wie kann ich dir zur Seite stehen?"

„Ich danke dir, Rainer, dass du mit mir fühlst, aber ich habe eine Familie, bei der ich und mein Sohn

Timo gut aufgehoben sind." Sie erzählte ihm, dass sie von dem Ehepaar Hans und Ellen Hansen adoptiert worden sei und dass sie von ihnen ein Bäckereigeschäft geerbt hätte.

„Es freut mich, dass du versorgt bist, Gitta. Ich hätte dir gewiss meine Hilfe angeboten."

„Vielen Dank, Rainer, das ist lieb von dir. Aber leider habe ich keine Zeit, noch länger mit dir zu plaudern. Ich muss mir noch ein paar Lampen aussuchen."

„Kann ich dir dabei behilflich sein?"

„Wenn es deine Zeit erlaubt, Rainer."

„Ich befinde mich noch drei Wochen im Erholungsurlaub, bevor ich in unserem Rathaus meine Stelle als Ressortleiter antrete."

„Lass uns gemeinsam ein paar Lampen kaufen, damit sie uns heimleuchten", scherzte Gitta.

Für fünf Leuchtkörper hatte sich Gitta entschieden, die in den nächsten Tagen geliefert werden sollten.

„Darf ich dich nach Hause fahren?", fragte Rainer, als sie das Geschäft verließen.

„Ich bin mit dem Auto da."

„Auf Wiedersehen, Gitta. Ich würde dich sehr gerne wiedersehen."

„Jeden Dienstag von 20 bis 22 Uhr kannst du mich im Turnverein begrüßen, Rainer."

„Und außerhalb der Trainingszeiten bist du nicht zu sprechen?"

„Mein Geschäft, mein Sohn Timo und Ellen nehmen mich voll in Anspruch, so dass ich nie alleine bin."

„Vielleicht gelingt es dir dennoch, mir ein paar Minuten von deiner kostbaren Zeit zu opfern?"

„Irgendwann wäre das schon möglich", ging Gitta auf Distanz.

„Dann bis zum nächsten Termin im Turnverein", verabschiedete sich Rainer, mit der Hoffnung, Gittas Herz doch noch zu erobern.

„Ellen, Ellen!" Mit glänzenden Augen und erhitztem Gesicht lief Gitta ins Haus. „Weißt du wen ich getroffen habe? Du kannst es nicht wissen. Rainer Sassen. Einen ehemaligen Freund aus dem Turnverein! Ich mochte ihn sehr gut leiden, aber geliebt habe ich nur Jürgen. Ich habe es zwar gemerkt, dass Rainer in mich verliebt war, aber mein Herz schlug für Jürgen schneller, als für Rainer. Ich mag ihn heute immer noch, aber...Wie soll ich mich verhalten?"

„Lade ihn zum Essen ein."

„Aber Ellen, wie wird Timo reagieren, wenn plötzlich ein fremder Mann vor ihm steht? Bisher hatte noch kein Mann unsere Wohnung betreten."

„Du solltest deinen Sohn darauf vorbereiten, schließlich ist er mit seinen acht Jahren ein recht verständiger Junge."

Gitta saß an seinem Bett und erzählte ihrem Sohn, dass sie neue Lampen für das Café gekauft hatte und dass sie einen Freund von früher nach so vielen Jahren getroffen hatte.

„Mami, rede nicht um den heißen Brei herum", gab Timo altklug zurück. „Du bist doch in ihn verliebt. Wurde aber auch Zeit. Lange genug musste ich mir von meinen Klassenkameraden anhören, dass du eine alte Jungfer bist. Ich weiß zwar nicht was eine alte Jungfer ist, aber so wie die reden, muss das eine komische alte Frau sein. Du bist keine alte Frau und komisch bist du auch nicht. Du bist so schön, Mami und ich habe dich lieb, deshalb will ich nicht, dass die Jungens in meiner Klasse dich alte Jungfer nennen."

„Mein kleiner Liebling…"

„Ich bin nicht klein, Mami. Ich bin der größte in unserer Klasse, darum bitte ich dich, mich nicht mehr Kleiner zu nennen."

„Versprochen, mein Großer. Und nun schlaf schön. Ich werde Rainer zum Essen einladen, aber nur mit deiner Zustimmung."

„Meine Zustimmung hast du, Mami. Aber sage deinem Rainer, dass er nicht mein Papa ist, mein Papa war mein Vati."

„Dein Papa war dein Vater und er bleibt auch immer dein Vati."

„Dann habe ich nichts dagegen, dass du ihn zum Essen einlädst, Mami."

„Ich danke dir für deine Großzügigkeit, mein Sohn", verbeugte sich Gitta lachend vor dem im Bett liegenden Sohn.

„Du bist die liebste alte Jungfer", lachte Timo und schlang seine Arme um den Hals der Mutter.

„Du Schelm, du, wenn sich deine Mutter schön macht, für ihren Besuch und für ihren Sohn, dann wirst du staunen."

„Dann zeigen wir es den Jungens in meiner Klasse, was für eine schöne Mutter ich habe."

„Gute Nacht, Timo."

„Gute Nacht, Mami."

Am Dienstag um 20 Uhr betrat Rainer Sassen die Turnhalle und konnte es kaum glauben, dass die gemischte Turnerriege, die er vor 8 Jahren verlassen hatte, heute noch vollzählig war.

Er wurde mit großem Hallo begrüßt und als Sportfreund in der Riege wieder aufgenommen.

Nach dem Training saßen sich Rainer und Gitta, in ihrem Stammlokal, gegenüber. „In den USA hatte ich keine Zeit mich sportlich zu betätigen. Als Sohn und Mitarbeiter eines Diplomaten bist du ständig unterwegs, eine Veranstaltung jagt die andere. Jedoch von heute an werde ich mich wieder mit meinen eingerosteten Gelenken beschäftigen."

„So ist es recht, Rainer, häng dich in die Ringe, balanciere auf dem Schwebebalken, mach Hand- und

Kopfstand", lachte Gitta. „Und pflege die Geselligkeit, die mir nach Jürgens Tod Halt gegeben hatte. Ohne meine Sportfreunde hätten mich diese Trauerjahre in eine tiefe Depression gestürzt. Auch meine Adoptiveltern haben mir und Timo ihre ganze Liebe geschenkt. Ihnen gehört mein Herz. Und Timo liebt seine Oma abgöttisch"

„Gitta..." begann Rainer.

„Ich weiß, Rainer, du willst mir zu verstehen geben..."

„Dass ich dich schon vor vielen Jahren geliebt habe. Als ich dich zum ersten Mal in der Turnhalle begegnet bin, da schlug mein Herz nur noch für dich."

„Das ist mir nicht entgangen."

„Aber du hattest nur Augen für Jürgen."

„Jürgen habe ich geliebt. Er war meine große Liebe. Aber dich fand ich auch ganz nett"

„Willst du mir sagen, dass..."

„Dass ich dich am Sonntag zum Essen einlade. Timo möchte dich kennenlernen."

Pünktlich um 12 Uhr betrat Rainer Sassen das Grundstück der Familie Hansen. Mit einer Tragetasche und einem Blumenstrauß in der linken Hand, betätigte er die Schelle mit dem Namen Gitta Hansen.

Stürmisch wurde die Haustür nach innen geöffnet und Timo sprudelte sofort heraus: „Damit Sie Bescheid wissen, mein Papa war mein Vati! Ich habe keinen Vati nötig. Aber meine Mama darf keine alte Jungfer werden!"

„Das werden wir zu verhindern wissen. Wir Männer müssen zusammenhalten", unterdrückte Rainer ein Auflachen.

„Dann kommen Sie rein", forderte Timo den Gast auf, die Wohnung zu betreten.

Gitta und Rainer begrüßten sich herzlich. Aber Rainer musste seine Gefühle zurückhalten. Er durfte nicht mit der Tür ins Haus fallen, schließlich zeigte Gitta offen, dass sie sich noch nicht von Jürgen gelöst hatte.

Rainer führte bei Tisch die Unterhaltung. Timo und Gitta lauschten seinen Worten. „Viele Straßen in Amerika sind so breit und Tausende von Kilometern lang, dass darauf riesige Autos fahren, wie dieser Track hier", erzählte er, griff in seine Tragetasche, holte einen Spielzeug-LKW heraus, und mit den Worten: „Der gehört dir, lieber Timo, den schenke ich dir", legte er dem Jungen den LKW in die Hände.

Timo sprang auf. „Schau mal Mami. Ein richtiger amerikanischer Trucker. Den darf ich behalten."

„Ja, ja, Timo. Bedanke dich bei Herrn Sassen."

Timo schlang seine Arme um Rainers Hals. „Danke Herr Sassen."

„Sag Rainer zu mit, Timo."

„Wie zu einem Freund?", fragte Timo.

„Genauso", bestätigte Rainer.

„Ich wäre auch so gerne der Freund deiner Mutter."

„Lass mir Zeit, Rainer. Ich kann Jürgen nicht vergessen", bat Gitta und ihre braunen Augen waren auf Rainer gerichtet.

Obwohl sich Gitta und Rainer dienstags in der Sporthalle begegnet waren, hatte sich für sie ein gemeinsames Zusammentreffen nicht mehr wiederholt. Rainer war im Rathaus eingespannt und Gitta hatte alle Hände voll zu tun. In der Bäckerei herrschte Hochbetrieb. In den Abendstunden war sie mit den Abrechnungen und der Buchführung beschäftigt.

Gitta legte eine Verschnaufpause ein und setzte sich zu Ellen auf die Terrasse.

„Hat dir Rainer Sassen seine Liebe gestanden?", fragte Ellen ganz unvermittelt.

Gitta holte erst mal tief Luft, bevor sie lachend antwortete: „Er möchte bei dir um meine Hand anhalten."

Ellen lächelte. „Wie romantisch. Das gefällt mir", sagte sie ganz versonnen. „Ich erwarte ihn am kommenden Sonntag zum Essen. Diesem ritterlichen Mann werde ich keineswegs die Brautwerbung verwehren."

„Aber Ellen, Ich will nicht heiraten. Jürgen war meine einzige Liebe…"

„Unsinn", wurde sie von Ellen unterbrochen. „Die Liebe stirbt nicht aus. Schau dir die Prominenten an, die verlieben sich jeden Tag in einen anderen."

„Ich bin keine bekannte und wichtige Person."

„Ich auch nicht, aber sollte ich deswegen schon mit 59 Jahren auf die Liebe verzichten."

„Sag bloß…"

„Ja, Gitta, ich bin verliebt."

„Ellen", reagierte Gitta voller Entsetzen. „Du Heimlichtuerin. Wer ist der Mann, der sich glücklich schätzen kann, so eine liebe Frau wie dich sein eigen zu nennen?"

„Du kennst ihn. Jochen Klausen, der Klassenlehrer deines Sohnes, ein Stammkunde von uns. Seine Frau hatte sich auf Mallorca in einen Millionär verliebt, dem sie nach der Scheidung nach Hamburg gefolgt ist."

„Zu diesem Mann kann ich dir nur gratulieren. Ich habe ihn kennengelernt, bei den Elternabenden. Ein freundlicher Mensch. Und wie sanft und liebevoll er mit den Kindern umgeht."

„Dann bist du damit einverstanden, das Jochen Klausen in unsere Familie einheiratet."

„Wer will meinen Lehrer heiraten, Mama?", fragte Timo der plötzlich auf der Terrasse erschienen war.

„Deine Oma Ellen."

„Toll, Oma Ellen, dann werden meine Schulfreunde aber staunen. Und wann werden Mama und Rainer heiraten?"

„Das wird am Sonntag entschieden, wenn Rainer Sassen zu mir kommt, mein kleiner Wirbelwind", antwortete Ellen. „Wir werden am selben Tag heiraten, deine Mama und deine Oma Ellen. Und Florian schrieb mir im Internet, er war sehr glücklich, zu erfahren, dass seine Sorgenkinder, wir beide sind damit gemeint, liebe Gitta, nicht mehr einschichtig durchs Leben gehen müssen. Mit Maren und Britney im Gepäck, kommt er zu uns und wird es richtig krachen lassen, denn eine Doppelhochzeit mit der Mutter und der Schwester feiert man nicht alle Tage."

Und jubelnd raste Timo die Treppen rauf und runter:

„Hurra, wir feiern Doppelhochzeit!"

„Ellen, erzähl Timo nicht so einen Unsinn", wurde Gitta sichtlich böse. „Ich will nicht heiraten!"

„Aber Gitta, ich war der Meinung, dass du und Rainer Sassen…"

„Dann hast du mich falsch verstanden", fuhr Gitta Ellen ins Wort. „Jürgen lebt in meinem Herzen. Ich kann und will ihn nicht vergessen. Und ans Heiraten ist vorerst nicht zu denken."

„Was heißt das schon, vergessen, Hans wird für mich ebenfalls unvergesslich bleiben, aber auf eine neue Liebe, möchte ich trotzdem nicht verzichten. Was hast du an Rainer Sassen auszusetzen, Gitta?"

„Er ist ein netter Sportfreund", gab Gitta klein bei.

„Jürgen hätte sicherlich Verständnis, dass du dich neu verliebst", bohrte Ellen weiter.

„Ich mag Rainer, aber ob ich ihn liebe…"

„Dann rate ich dir, ihn näher kennen zu lernen."

„Bitte, Ellen, bau keinen Druck auf. Ich werde mich irgendwann entscheiden, aber heute gewiss nicht."

„Bist du bereit, ihm mitzuteilen, dass ich ihn bitte, uns am kommenden Sonntag, Gesellschaft zu leisten?", wollte Ellen wissen.

„Aber verkuppeln lasse ich mich nicht", verhielt sich Gitta weiterhin abweisend.

„Schade, liebe Gitta, ich wäre so gerne deine Ehestifterin."

„Ich lade ihn ein, aber mich lass bitte aus dem Spiel", blieb Gitta standhaft.

„Unsere Doppelhochzeit könnte ein rauschendes Fest werden mit Florian als Brautführer und mit Timo und Britney als Blumenkinder. Ein schöneres Bild kann ich mir nicht vorstellen. Du sicherlich auch nicht, liebe Gitta?"

„Du Kupplerin", warf sich Gitta lachend in Ellens Arme. Und insgeheim dachte sie: Kommt Zeit, kommt Rat.

Spektakel im Hühnerstall

„Mit euch habe ich noch ein Hühnchen zu rupfen!"
krähte der Hahn. „Das habe ich in eurem Stall gefunden", zeigte er auf einen flachen Gegenstand. „Was
ist das?", musterte er mit scharfen Blicken seine Hühnerschar.

„Ein I Phone", gurrte eine Brieftaube, die soeben in
ihren Taubenschlag zurückflog.

„Ein Ei, was?", flatterte Adalbert aufgeregt in die
Höhe. „Wer von euch legt so ein plattgedrücktes
Ei?", plusterte sich der Gockel mächtig auf.

Er war ein stolzer Herrscher auf dem Hühnerhof, mit
starkem

Kamm, mit bunten Federn und gefährlich scharfen
Krallen.

„Nun wird's bald! Die Schuldige, die es gewagt hatte,
mir dieses Ei zu legen sollte sofort vortreten!" riss er
den Schnabel so weit auf, dass man glauben könnte,
er wollte den ganzen Hühnerhof verschlingen.

Aber die rotbunten, die schwarzweißen, die braunen
und die weißen Hühner, die den Hof bevölkerten,
schüttelten nur den Kopf.

Mit ausgebreiteten Flügeln sprang Adalbert hin und
her „Mir schwillt der Kamm!" krähte er aus voller
Kehle.

„Stopp, Adalbert", fuhr ihm die Henne Kori über den Schnabel. „Ich führe hier die Ermittlungen. Schließlich bin ich die dienstälteste Eierlegerin auf dem Hühnerhof."

„Aber ich bin der Herr im Haus", trat Adalbert mit stolz geschwellter Brust unerschrocken auf.

„Du bist zwar ein männliches Federvieh", tat Kori mit einem Flügelschlag Adalberts Einwand ab, „aber mit deiner rauen Stimme verschreckst du mir nur die zartbesaiteten Legehennen…"

„Haha, von wegen zart besaitet, das ich nicht lache", spöttelte der Hahn. „Wer so ein kantiges scharfes Ei legt, ist weiß Gott kein Sensibelchen. Wenn ich mir das eckige Ei so betrachte, kann ich mir gar nicht vorstellen…"

„Adalbert!" fiel ihm Kori ins Wort. „Behalte deine Gedanken für dich! Wie es auch immer sei. Überlass nur getrost mir die Befragung…"

„Ich will, dass die Übeltäterin bestraft wird", ließ Adalbert nicht locker, sich durchzusetzen.

„Ich weiß, du bist zwar unser Beschützer, aber einem Manne wie dir, fehlt halt die Diplomatie", unterbrach ihn Kori. „Stör mich nicht mehr bei meinen Vernehmungen", wurde Kori laut. „Liebe Schwestern", schmeichelte sie mit zarter Stimme. "Wer von euch hat dieses gequetschte Ei gelegt? Wenn es nur ein Ausrutscher war, dann lassen wir die Sache auf sich beruhen und das Ei verschwindet in den Misthaufen.

Andernfalls müssten wir andere Maßnahmen ergrei-
fen. Ich bitte nun die Schwester, sich zu stellen und
ihren Fehler einzugestehen."

Nach minutenlangem Schweigen, erkannte Kori,
dass sie härter durchgreifen musste. „Wer ist die
Übeltäterin?!", spektakelte sie ihre Verwandtschaft
mit blitzenden Augen an.

„Ich habe das Ei nicht gelegt!" beschworen alle Hühner, wie aus einem Schnabel, ihre Unschuld.

Adalbert wurde ungeduldig. „ Lass mich mal ran!"
schob er Kori zur Seite. „In Reih und Glied antreten!
Ich muss durchzählen, ob sich nicht ein fremdes Federvieh eingeschlichen hat! Achtundzwanzig.
Stimmt genau", nickte er mit dem Kopf. „Seltsam,
seltsam", strich er sich mit dem rechten Flügel über
den Schnabel.

„Vielleicht hat uns eine Henne aus dem Weltraum besucht", wagte es eines der Hühner sich einzumi-
schen.

„Tickst du noch sauber?", spreizte Kori abwehrend
die Flügel. „Da kann einem ja der Appetit vergehen,
bei so viel Aufregung."

Dem Hühnervolk war tatsächlich der Appetit vergangen. Was sollten sie tun? Sich so verhalten, als ob
nichts geschehen wäre? Sicherlich nicht, es ging um
mehr, als um Körner aufzupicken, Käfer und Larven
zu verspeisen und um den Hühnerhof vom Ungezie-
fer sauber zu halten.

Es ging um die Ehre im eigenen Haus.

Während das aufgescheuchte Hühnervolk diskutierte, erschien die Katze, Paladin, in der Haustür. Sie wunderte sich sehr, dass die Hühner, die sonst, singend Körner aufpickten, heute laut gackerten.

„Was hat euch denn derart die Ernte verhagelt, dass euch das Futter nicht zu schmecken scheint?", miaute die Katze.

„Da, schau doch selbst. Das verflixte flache Ei erregt unsere Gemüter und bringt uns furchtbar durcheinander", zeigte Kori auf das I Phone.

Paladin warf sich auf die Seite und begann zu schnurren. Sie verzog ihr Gesicht, strampelte mit den Beinen und schien sich zu amüsieren.

Die Hennen, allen voran ihr Gebieter, starrten auf die Katze. Sie wussten

nicht so recht, was sie davon halten sollten.

„Verrückt geworden", flüsterte der Hahn und tippte sich an den Kopf.

„Ihr habt keinen blassen Schimmer, nicht wahr", richtete sich Paladin wieder auf und schaute fragend in die Hühnerschar.

„Wir sind total wirr im Kopf. Kannst du uns aufklären", trat Kori bittend an die Katze heran.

„Aber gewiss doch. Ich kenne das komische Ei. Das ist nämlich gar kein Hühnerei, sondern etwas ganz anderes", antwortete die Katze.

„So, was denn?", flogen sämtliche Hühneraugen voll atemloser Spannung auf Paladin.

„Es handelt sich eindeutig um ein Handy, das Michael gehört, dem Sohn von unserem Bauern. Er hat es gewiss beim Eier einsammeln verloren..."

„Ist das nicht so ein Ding, das die Menschen immer an den Ohren halten, damit sie keine kalten Ohren bekommen", lachte gackernd der ganze Hühnerhof.

Die Katze, Paladin, miaute zurück: „Nein, das Handy ist kein Ohrwärmer, es handelt sich hierbei um ein Mobiltelefon, mit dem man tolle Sachen machen kann..."

„Sind das vielleicht Zaubertricks?", waren Hahn und Hennen neugierig geworden.

„Zaubern kann man damit zwar nicht, aber telefonieren. Fotos kann man hin und her schicken, Briefe schreiben und ihnen mitteilen, dass man was ganz Tolles erlebt hat. Viele tausend Freunde auf der ganzen Welt, können dir eine Menge erzählen und du schaust ihnen dabei ins Gesicht. Das nennt man Facebook."

„Dann wird Michael sein Ei Dings aber vermissen", meldete sich eine Henne.

„Wir wollen aber auch mit unseren Verwandten sprechen und ihnen in die Hühneraugen blicken!" rief der gesamte Hühnerstall.

„Pst, ruhig", hielt sich Adalbert mit dem rechten Flügel den Schnabel zu.

„Michael geht gebeugt über den Hof."

„Er sucht sein Handy", waren sich alle einig.

„Dann schieb es ihm doch zu", wandte sich ein Huhn dem Hahn zu. Es war bereit, das Mobiltelefon herauszugeben.

Jedoch Kori war schneller. Sie schob das vorwitzige Huhn zur Seite. „Untersteh dich! Dir bleibt der Schnabel schön sauber. Hast du mich verstanden?!", schimpfte Kori.

Michael entfernte sich, murmelte ein paar Worte und verschwand im Kuhstall.

„Jetzt ist die Luft wieder rein. Wie wäre es, wenn wir unseren Vorfahren ein Foto von uns schicken würden", überlegte Adalbert.

„Die leben aber in Asien", wusste Kori zu gackern.

„Das spielt doch keine Rolle. Mit der ganzen Welt könntet ihr viele Freundschaften schließen. Auch mit Amerika", behauptete Paladin.

„Leider müssen wir darauf verzichten", ließ das Hühnervolk enttäuscht die Flügel hängen. „Mit dem Handy kann niemand von uns umgehen."

„Ich weiß, wer euch helfen kann", behauptete die Katze. „Ich! Ich bin nämlich eine Expertin."

„Ist das wahr?!", rief der Hühnerhof, gackernd durcheinander.

„Ruhe!" befahl Henne Kori. „Schnabel halten! Paladin wird schon wissen was sie sagt."

„Ich beherrsche ganz bestimmt die Technik", war sich die Katze sicher. „Lange genug habe ich zugeschaut, wie Michael sich mit seinem I Phone beschäftigt hatte. Ich lag neben ihm, schnurrte ihm in die Ohren, und er kraulte mir meinen Nacken."

„Was müssen wir tun!" krakelten die Hühner.

„Stellt euch auf, ich mache ein Foto von euch", sagte Paladin.

Die verrückten Hühner waren total aus dem Häuschen.

„Ganz ruhig, Kinder!" befahl der stolze Hahn. „Alle nebeneinander. Nicht aufeinander springen. So ist es schon besser. Jetzt kannst du loslegen", wandte er sich der Katze zu.

Paladin schoss mehrere Fotos und sandte sie in die weite Welt hinaus.

Alle starrten gebannt auf das Handy. Nichts geschah.

Enttäuscht, begannen einige Hühner bereits zu scharren und zu picken.

Bis plötzlich eine Stimme erklang. „Hei, liebe Verwandtschaft in Germany. Wir Amerikaner begrüßen euch, liebe Brüder und Schwestern in Deutschland. Es freut uns, dass wir in eure Hühneraugen schauen können. Und dass wir miteinander plaudern, ist wandervull."

„Und wir sind hocherfreut, dass es uns gelungen ist, unsere Verwandten im fernen Amerika, sehen und sprechen zu können", warf sich Adalbert stolz in die Brust. Und seine Hühnerschar krakelte, spektakelte und flatterte vor Freude durch die Luft, als ob der ganze Hühnerhof nach Amerika hinüberfliegen wollte.

„Wir hier in der neuen Welt benutzen schon seit langem das I Phone als Verständigungsmittel, aber ihr in Old Europa lebt noch hinter dem Mond. Ihr lernt die Welt nie kennen", trippelte der amerikanische Gockel auf und ab wie ein stolzer Pfau, der ein Rad geschlagen hatte.

„Und ihr, im Land der unbegrenzten Möglichkeiten, könnt uns ja mal im Non Stopp Flug, besuchen", konterte die schlagfertige Kori.

„Haha. Ein toller Witz", lachte das amerikanische Hühnervolk. „Wir sind doch keine Zugvögel."

„Wir auch nicht", gab ihm Adalbert Bescheid. „Aber ich hoffe, dass wir wieder einmal eure Hühneraugen zu sehen bekommen."

„Good bye, liebe Verwandtschaft. Gute Gesundheit und schmerzfreies Eierlegen, wünschen euch die amerikanischen Schwestern und Brüder."

"Bye, bye", kicherte der deutsche Hühnerhof und Adalbert schickte noch ein Kikeriki hinterher.

Und in der folgenden Nacht flogen sie nach Amerika.

„Schade, dass wir die Reise nach Amerika nur geträumt haben", sagte Adalbert.

"Ich bin aber froh, dass wir es nur geträumt haben",
warf das Huhn Kori fragende Blicke über den Hühnerhof. „Oder führen wir in Deutschland kein glückliches Federviehleben?"

„Dagegen gibt es nichts zu gackern. Hier sind wir daheim und da bleiben wir. Und das Scharren lassen
wir uns auch nicht verbieten", stimmte ihr eine
glückliche Hühnerschar zu.

„Ich bin doch kein dummes Huhn", gackerte Kori,
stieß zu und schnappte sich einen dicken Käfer, der
vor ihrem Schnabel herumkrabbelte.

Ein Lorbeerkranz für Stute Käthe

„Schau mal, Papa, Liese wird immer schwerfälliger."

„Das ist mir seit ein paar Tagen auch schon aufgefallen, Katrin", nickte Herbert Welter mit dem Kopf, und seinem Gesicht sah man es an, dass er sich um seine beste Stute sorgte.

„Wäre es nicht besser gewesen, du hättest sie nicht beschälen lassen, Papa?"

„Vielleicht hast du recht, Katrin", antwortete der Vater und tastete den Bauch der Stute ab. „Ihr erstes Fohlen könnte uns Probleme bereiten. Aber unsere Liese ist jung, gesund und stark. Sie ist langbeinig, und die schnellste Trabrennerin auf der Rennbahn."

„Und du denkst, sie würde ihrem Fohlen ihre guten Eigenschaften vererben", schaute Katrin ihrem Vater fragend in die braunen Augen.

„Zu neunzig Prozent trifft das zu. Diese Nacht und die folgenden Nächte werde ich im Pferdestall übernachten", entschied sich Herbert.

Mit ruhigen Worten und einem sanften Streicheln, ließen Vater und Tochter die Stute weiter grasen.

„In der Dämmerung werde ich Liese hereinholen und die erste Nachtwache übernehmen", bot sich Katrin an.

„Gegen Mitternacht löse ich dich dann ab. Du kannst dann noch sieben Stunden in deinem Bett schlafen. Es tut mir leid, dass ich dich des Öfteren bei den Pferden einspannen muss. Wenn deine Mutter noch leben würde, könnte sie, wie früher, einen Teil der Pferdepflege übernehmen."

Mit vierzig Jahren war die Mutter an den Folgen eines Verkehrsunfalles verstorben und hatte Ehemann und Tochter alleingelassen.

Sie wurde sehr vermisst, sie fehlte ihnen an allen Ecken und Enden. Sie, die den Haushalt versorgt hatte, war kaum zu ersetzen, denn ihren Gatten und die Tochter hatte sie nicht in den Haushalt mit eingebunden. Sie war halt eine perfekte Hausfrau gewesen. Vater und Tochter mussten sich nach ihrem Tode die Arbeiten am Kochtopf und im Pferdestall teilen. Sie mussten lernen, einen Haushalt zu führen. Zudem trainierte Herbert Welter täglich einige Stunden auf der Trabrennbahn, während Katrin im Gymnasium saß. In ihrer Freizeit fuhr Katrin ebenfalls mit ihrem Vater zur Rennbahn hinaus, wo sie immer wieder eines der anderen zwei Pferde trainierte.

Wie versprochen, verließ Katrin gegen Abend das Haus, lief leichtfüßig um das Gebäude herum und rief nach Liese.

Zwei Pferde hoben die Köpfe. Doch Liese stand nicht neben ihren Artgenossen.

„Liese, hast du dich schon wieder hinter den Büschen versteckt", lachte Katrin. Sie öffnete das Gatter, schloss es hinter sich und lief über die Wiese.

Abrupt blieb sie stehen. „Liese! Das Fohlen…" entfuhr es ihr. „Papa, Papa! Komm schnell!" stürzte Katrin ins Haus. „Liese fohlt schon!"

„Kind, was sagst du da? Du musst dich irren. Zehn Tage zu früh. Komm", hakte er sich bei seiner Tochter unter. „Schauen wir nach."

Zwei Pferde standen am Gatter, bereit, abends in den Stall geholt zu werden.

Sie mussten noch warten, galt die ganze Sorgfalt jetzt nur der gebärenden am Boden liegenden Stute. Die Vorderbeine und der Kopf des Fohlens schauten bereits aus dem Geburtskanal.

„Rasch, Katrin, hol bitte eine Decke aus dem Stall, ich werde inzwischen das Fohlen an den Vorderhufen herausziehen und der Stute die Geburt erleichtern."

Die Decke lag bereit, das Füllen aufzunehmen. Herbert wollte den Nachwuchs in den Stall tragen, wo er sich im warmen Stroh von der Geburt ausruhen sollte.

Als die Stute und das Füllen die Geburt überstanden hatten, schaute Herbert genau hin. „Eine Stute", stutzte er.

„Die Kleine hat so komische Augen", stellte Katrin fest.

„Sie scheint blind zu sein", antwortete der Vater.

„Nein!" zu mehr als zu diesem Schrei war Katrin nicht fähig.

Indessen hatte Herbert das Fohlen ergriffen und es zum Kopf der Stute getragen, sodass sie den Geruch ihres Fohlens aufnehmen konnte. Er rieb das Fohlen trocken, wickelte es in die Decke ein und trug es zum Pferdestall hinüber. Liese, die sich inzwischen erhoben hatte, folgte dem Rennstallbesitzer.

„Katrin", wandte er sich seiner Tochter zu, die ihm mit den beiden anderen Pferden folgte. „Ruf bitte den Tierarzt an. Ich bleibe solange in der Box, bis das Fohlen getrunken hat. Ich muss das Füllen zum ersten Trinken, an die Zitzen der Stute heranführen."

„Ja, Papa. Das weiß ich. Aber ich glaube, dieses kleine hilflose Geschöpf wird auf unsere Hilfe noch unzählige Tage und Nächte angewiesen sein."

Der herbeigerufene Tierarzt stellte tatsächlich die Blindheit fest. Aber die kleine Stute war körperlich gesund und kräftig. Wahrscheinlich schlummerte in ihr das Erbgut ihrer Mutter und das des Vaters, der ebenfalls ein ausgezeichneter Traber war.

„Dennoch würde ich das Fohlen dem Abdecker überlassen" schlug der Tierarzt vor.

„Das kommt überhaupt nicht in Frage!" funkelte Katrin den Arzt empört an. „Das Fohlen wird nicht eingeschläfert! Ich werde der Kleinen den Weg ins Leben erleichtern."

„Ich werde dir dabei behilflich sein", stimmte der Vater ihr zu.

„Du armes Kleines", schlang Katrin dem Fohlen ihren Arm um den Hals und führte es zum Kopf der Stute. „Beschnuppert euch", sagte sie. „Und wiehert, damit ihr euch an euren Stimmen erkennt. Kleine Käthe. Sie soll Käthe heißen, Papa"

„Käthe und Liese bleiben länger im Pferdestall, als gewöhnlich", entschied Herbert, und richtete indessen für Katrin ein Nachtlager im Pferdestall her.

Katrin war sehr traurig, ihre Stimme zitterte und in ihren blauen Augen standen Tränen. „Du armes Kleines, du wirst nie deine wunderbare, dunkelbraune Mutter sehen, wie sie über die Wiese galoppiert und wie sie auf der Rennbahn in langen Schritten den anderen Pferden davon trabt. Du siehst nicht das saftige grüne Gras. Die belaubten Bäume und Sträucher werden deine Augen auch nicht erblicken. Und die bunten Blumen wirst du nur riechen können. Mich und meinen Papa kannst du auch nicht sehen. Die Sonne, der Mond und die Sterne scheinen auch für dich, aber du siehst sie nicht", drückte Katrin ihr tränenfeuchtes Gesicht an das warme Fell der kleinen Käthe.

„Schau dir Käthe doch erst einmal richtig an", versuchte der Vater die Tochter von ihrem Kummer abzulenken

Käthes hellbraunes Fell glänzte wie Seide, alle vier Fesseln waren weiß wie Schnee.

Eine Blesse reichte von den Ohren bis zu den Nüstern. Auf der Brust hatte sie noch ein weißes Herz. Näherten sich die Menschen dem Fohlen von vorn, fiel das weiße Herz sofort ins Auge. Dieses Herz hatte die Natur wohl geschaffen, um von den blinden, leblosen Augen abzulenken. Die langen schlanken Beine und der kleine schlanke Kopf, verrieten bereits heute, dass Käthe eine ausgezeichnete Trabrennerin werden könnte, es käme nur auf eine liebevolle Erziehung an.

In der Box schlief Käthe viele Stunden. Sie erhob sich nur zum Trinken. Inzwischen, mit Herberts und Katrins Hilfe, wusste sie wo die Milchquelle bei der Mutter zu finden war. Sie gedieh so prächtig, dass Herbert sagte: „Heute ist so ein sonniger Tag, da könntest du Liese und Käthe auf die Koppel führen."

„Sofort, Papa", lief Katrin leichtfüßig aus dem Wohnhaus.

Käthe zitterte und drängte sich nah an ihre Mutter heran. Als sie in der Koppel von den beiden Pferden beschnuppert wurde, zuckte sie zurück und rief wiehernd nach ihrer Mutter, die sich sofort wiehernd meldete.

Ehe Katrin die Weide verließ, rief sie: „Käthe, komm", und das Fohlen hob den Kopf, spitzte die Ohren und ging ganz vorsichtig auf Katrin zu.

Sie drückte Käthes Nüstern an ihre Brust. „So ist es gut, Käthe, nimm immer wieder meinen Geruch auf. Meine Stimme und meine Hände werden dich durch das Leben führen. Ruhig, ruhig", wurde Katrins

Stimme ganz sanft, als das Füllen beim Schrei einer Krähe zusammenzuckte und angstvoll wieherte.

Lautes Kindergeschrei erschreckte sie ebenfalls. Selbst Motorengeräusche flößten ihr Angst ein. Der Schreck machte hungrig. Käthe trank sich satt und die Stute hielt still.

„Papa, Papa komm schnell, Käthe hat sich verletzt!" rief Katrin.

„Nur ein Kratzer" stellte Herbert Welter fest, „den wir sogleich desinfizieren. In wenigen Wochen ist der Kratzer verblasst und das Fell wird nachwachsen. Sie wird sich mehrmals verletzen. Das werden wir nicht verhindern können. Ich hoffe, es sind nur oberflächliche Schrammen."

„Papa, sollten wir nicht den Baum absägen, an dem sich Käthe verletzt hat?"

„Die Linde spendet Schatten. Sie muss stehenbleiben. Käthe wird lernen müssen, mit den Nüstern und den Ohren Gefahren zu erkennen."

Vier Monate später hatte Käthe begriffen, dass sie vor den Geräuschen ringsum, nicht mehr fliehen musste, und dass ihre Mutter stets in ihrer Nähe war.

Katrin hatte zum ersten Mal versucht, ihr ein Halfter aufzuzäumen.

Käthe warf den Kopf in die Höhe und wehrte sich.

„Keine Angst, Käthe, das Zaumzeug ist harmlos. Ich möchte, dass du dich früh genug daran gewöhnst. Je früher, umso besser für uns beide."

Käthe spielte mit den Ohren, nahm Katrins sanfte Stimme zwar wahr, aber die Hinterhand warf sie dennoch hin und her.

„Ruhig, Käthe", mit leisen Worten, gelang es Katrin, das Fohlen zu beruhigen und ihr das Halfter anzulegen. Erst jetzt, nachdem sich Käthe an das Zaumzeug gewöhnt hatte, führte sie das Fohlen über den Weideplatz. „Brav, Käthe", wurde sie von Katrin mit einem Stück Würfelzucker belohnt.

Das Aufzäumen war abgeschlossen. Es fehlten noch die Befehle zum Anheben der Beine, denn in absehbarer Zeit mussten ihre Hufe beschlagen werden.

Herbert Welter startete einen Versuch. Er umspannte mit beiden Händen das vordere Bein, lehnte seinen Oberkörper gegen Käthes Bauch und befahl ihr das Bein anzuheben.

Käthe schnaufte und wich zur Seite aus, so dass Herbert ins Straucheln geriet. „Käthe heb dein Bein. Mein Vater wird dich stützen. Hab keine Angst. Du musst nur lernen auf drei Beinen zu stehen. Wir müssen doch mit dir zum Hufschmied, damit er deine Hufe beschlagen kann. Ohne Hufeisen wirst du deine Hufe ablaufen und dir wehtun, wenn ein harter Gegenstand darin steckenbleibt."

Katrin redete Käthe gut zu, streichelte sie, und so abgelenkt, merkte sie gar nicht, dass Herbert nach und nach alle Beine anhob.

„Diese Prozedur werden wir täglich wiederholen. Das kannst du übernehmen, Katrin. Du kannst auch gleichzeitig ihre Hufe reinigen und abgebrochene Hornhaut entfernen."

Inzwischen war dem Fohlen das Beinanheben in Fleisch und Blut übergegangen. Und jeder erfolgreiche Versuch wurde mit einem Stück Würfelzucker belohnt.

Herbert Welter beschloss, Käthe auf die Rennbahn mitzunehmen. „Sie wird neben dem Sulky herlaufen."

„Ich werde dich begleiten und Käthes Verhalten auf der Rennbahn beobachten."

Herbert und Katrin ließen ihre Pferde nebeneinander, auf ihren Sulkys sitzend, über die Bahn traben.

„Papa, Käthe versucht zu traben. Ist das nicht wunderbar!" frohlockte die Tochter, die neben dem Vater, eines der anderen beiden Pferde lenkte.

„Sie trägt das Erbgut ihrer Mutter und ihres Vaters in sich!" rief Herbert.

An Regen freien Tagen zog Liese den zweirädrigen Rennwagen, und Käthe, lief angeleint, neben ihr her. Bis in den Herbst hinein trainierte Herbert mit der Stute und dem Fohlen auf der Trabrennbahn.

In den Wintermonaten standen die Pferde im Stall.

Im Frühjahr begann erneut das Training.

Die Pferde standen auf der Weide, Katrin öffnete das Gatter, um Liese und Käthe zum Training abzuholen. „Ein Hufeisen", entfuhr es ihr. Wer von den drei Pferden hatte das Eisen verloren? Katrin schaute sich die Hufe an.

„Papa", lief sie, mit dem Eisen in der Hand, ins Haus. „Liese hat ein Hufeisen verloren!"

„Das trifft sich gut, Katrin."

„Was sollte daran gut sein, Papa?"

„Ich werde alle drei Pferde beschlagen lassen, und Käthe wird mit jedem Pferd mitgehen, um sich an die Geräusche und Gerüche zu gewöhnen, die nun mal in so einer Schmiede herrschen. Du redest Käthe gut zu, und ich bin dem Hufschmied behilflich. Obwohl er meine Hilfe nicht nötig hat."

„Ich weiß, Papa. Der Hufschmied legt den Pferdehuf auf einen Holzbock."

„Aber Käthes Beine werde ich festhalten. Mich kennt sie. Man weiß nicht, wie sie auf den Schmied reagiert", betonte Herbert Welter.

In der Schmiede hämmerte, rauchte und zischte es. Käthe ging vorne und hinten hoch. Erst beim dritten Pferd hatte sich Käthe gefangen. Sie überließ Herbert bereitwillig ihre Beine, und unter ständigem Schnauben ließ sie sich vom Schmied beschlagen.

An die Hufeisen musste sie sich auch erst gewöhnen. Das laute Getrappel traf ihre empfindlichen Ohren. Sie versuchte, die Eisen abzuwerfen. Sie vollführte Bocksprünge. Nach vorn, nach hinten und zur Seite. Ein paar Tage später schon graste sie entspannt auf der Koppel.

„Sobald sie sich mit den Hufeisen abgefunden hat, wird sie im Sulky eingespannt", äußerte sich Herbert beim gemeinsamen Frühstück.

„Warte bitte damit, bis ich aus der Schule komme", sagte Katrin. „Ich muss unbedingt dabei sein. Ich bin neugierig wie sich Käthe verhält."

Die langen Zügel, die dem Fohlen über den Rücken liefen, hatte Käthe abzuwerfen versucht. Aber mit Geduld und gutem Zureden, war es Katrin, gemeinsam mit ihrem Vater, gelungen, Käthe davon zu überzeugen, dass von dem Zügel keine Gefahr ausging. Weil sie Herbert und Katrin vertraute, stellte sie sich auch alsbald nicht mehr quer.

„Aber bei der kleinsten Unachtsamkeit müssten wir wieder von vorne beginnen", zweifelte Herbert.

Dennoch, jeder Versuch brachte sie ihrem Ziel einen Schritt näher.

Sie sollte zum ersten Mal in den Rennwagen eingespannt werden.

„Zurück, zurück, Käthe. "Mit der linken Hand am Halfter, mit der Rechten an Käthes Brust, befahl Katrin, der blinden jungen Stute, rückwärts zu gehen.

Herbert Welter stand an der Hinterhand, bereit, Käthe zu dirigieren, sollte sie der Deichsel zu nahe kommen.

„Langsam, Käthe!" Katrins Befehl kam zu spät.

Käthe berührte mit dem rechten Hinterhuf die am Boden liegende Deichsel. Sie wich nach links aus und trat auch auf die andere Deichsel. Sie erschrak und schlug mit beiden Hufen aus. Beide Deichseln brachen entzwei und Käthe wieherte aufgeregt.

Katrin hatte derartige Situationen selbst mit sehenden Pferden erlebt. Sie zog das erregte Jungpferd aus der Gefahrenzone.

Mit bebenden Nüstern und zitternden Flanken stand Käthe auf der Stelle.

„Wir müssen den Rückwärtsgang mehrmals üben", entschied Herbert.

„Aber jetzt nicht mehr, Papa. Es genügt, dass sie heute Kopfscheu wurde."

Käthe wurde auf der Weide entlassen, wo sie neben ihrer Mutter graste.

Jeden Tag wurde mit Käthe das Rückwärtsgehen geübt. Eine Woche lang. Endlich stand sie zwischen den Deichseln.

„Bevor wir sie einspannen, üben wir das Ganze noch einmal", und Herbert entschloss sich, mit dem ersten Training erst in der kommenden Woche zu beginnen.

„Papa, ich habe kein gutes Gefühl…"

„Was sollte passieren?"

„Käthe hat zu viel Temperament", wies Katrin ihren Vater auf die Energie hin, die in Käthe steckte.

„Ich weiß, dass sie mit mir und dem Sulky über die Bahn galoppieren wird. Alle Pferde sind galoppiert. Sie mussten das Traben erst lernen. Wir müssen es ihnen beibringen. Sollte Käthe das Talent ihrer Mutter geerbt haben, wird sie ganz schnell begreifen, was ich von ihr verlange. Ich werde deinem Schützling nicht wehtun. Versprochen, Katrin."

„Ich drück dir die Daumen, Papa."

Auf der Rennbahn wurde Käthe im Sulky eingespannt. Katrin hielt sie am Halfter fest und redete beruhigend auf sie ein. „Du musst nicht ängstlich sein, Käthe", sagte sie. „Mein Papa wird dich ganz sanft über die Bahn führen. Und wenn du auf seine Kommandos hörst, wird alles gut werden."

Als Herbert auf dem Rennwagen Platz genommen hatte, ließ Katrin das Halfter los und Käthe galoppierte augenblicklich los. Nachdem sich Käthe ausgetobt hatte, wurde sie allmählich ruhiger und fiel schließlich in leichtem Trab. Endlich blieb sie schweratmend neben Katrin stehen.

„Für heute haben wir unser Soll erfüllt. Du hast dich gut geschlagen", lobte

Herbert die Stute. „Aber morgen wird das Training nicht im Galopp, sondern im Trab begonnen."

Käthe war sehr lernfähig. Sie galoppierte nicht mehr. Sie wurde auch von Katrin trainiert und sie erreichte gute Trainingszeiten, folglich konnte das erste internationale Trabrennen eingeläutet werden.

Katrin fieberte seit dem frühen Morgen dem Ereignis entgegen. „Wie wird sich Käthe schlagen? Werden die vielen Zuschauer und die Lautsprecher sie nicht zu sehr erschrecken?", gab sie ihrem Vater zu denken.

„Lassen wir es ruhig angehen", entgegnete Herbert, legte Käthe das Geschirr an und spannte sie vor dem Rennwagen. „Für deinen ersten öffentlichen Auftritt, vertraue ich dir Käthe an", überreichte Herbert Welter seiner Tochter die Zügel. „Papa!" jubelnd flog Katrin ihrem Vater an den Hals.

„Ich werde Liese lenken. Du fährt heute dein erstes großes Rennen."

„Unser Debüt", freute sich Katrin und küsste Käthe auf die Wange. Ehe sie sich den Sturzhelm aufsetzte, flüsterte sie Käthe ins Ohr: „Enttäusch mich nicht."

Im Laufschritt entfernte sich Herbert. Er schirrte Liese an, spannte sie vor dem Sulky, setzte sich den Sturzhelm auf, sprang in den Sitz des Rennwagens, und reihte sich neben seiner Tochter auf die Startposition ein.

Der Stadionlautsprecher kratze. Käthe warf den Kopf hoch, drehte die Ohren. Katrin sprach beruhigend auf sie ein. „Käthe, ich bin bei dir, Keine Angst, es geschieht dir nichts."

Ein paar Mal drehte sie noch aufgeregt den Schweif. Dann entspannte sie sich. Jedoch Katrin war auf der Hut. Sie hielt die Zügel in den sehnigen Händen, war bereit, ein Ausbrechen zu verhindern.

„Meine Damen und Herren", erklang es aus dem Lautsprecher. „Heute werden Sie ein einmaliges Rennen erleben. Die blinde Stute, Käthe aus dem Rennstall Herbert Welter bestreitet ihr erstes Rennen. Das Interessante daran, ist die Tatsache, dass Käthe neben ihrer Mutter, Liese, startet. Auch Katrin Welter nimmt heute zum ersten Male an einem öffentlichen Rennen teil. Wir sind gespannt. Wird Liese weiterhin einen Sieg einlaufen, oder muss sie sich ihrem Nachwuchs geschlagen geben? Oder wird Wotan, der starke Engländer siegen? Die Glocke hat das Rennen eingeläutet. Der Hengst Wotan, aus dem englischen Rennstall Smeets, gelenkt vom Fahrer Garvin, hat die Führung übernommen. Selbst nach der ersten Runde führt Wotan das Feld an. Wo bleiben die Lokalmatadoren Liese und Käthe. Beide laufen im Mittelfeld. Jetzt schiebt sich Liese vor, gelenkt von Herbert Welter. Wird Liese die Führung übernehmen? Wotan wird schneller. Liese lässt sich nicht abhängen. Dahinter liegt, mit einer Pferdelänge Abstand, die Stute Käthe, gelenkt von Katrin Welter. Ihre schlanken Beine scheinen sich zu strecken. Ihr Körper wird lang und länger. In der letzten Kurve holt sie auf! Sie setzt sich mit Wotan und Liese an die Spitze. Auf der Zielgeraden entbrennt ein Dreikampf. Wotan, Liese und Käthe nebeneinander auf gleicher Höhe! Was für ein Rennen, meine Damen und Herren!" Die Stimme des Stadionsprechers überschlug sich. Die Zuschauer auf den Rängen hielten den Atem an. „Käthe", rief der Sprecher. „Sie schwebt, ihre Hufe berühren den Boden kaum noch! Sie fliegt ins Ziel! Sieg! Sieg! Sieg! Um eine Kopflänge Vorsprung verwies sie Liese und Wotan auf die Plätze zwei und drei! Der blinden Stute Käthe gebührt der Lorbeerkranz! Die Debütantinnen, Katrin Welter und die Stute Käthe, entschieden das Rennen für sich!"

Die Herzen der Zuschauer waren Käthe zugeflogen und mit stürmischem Applaus wurde sie empfangen. Mit dem Lorbeerkranz über dem Hals, schritt sie vor der Tribüne auf und ab.

Katrin und Herbert hatten den Zuschauern ein Glas Sekt spendiert. „Hoch leben Katrin und Käthe!" riefen sie, hoben die Gläser und genossen den erfrischenden Trank, der ihre aufgewühlten Nerven herunterfuhr und abkühlte.